KB118200

꿈속에서 우는 사람

장석주 시집

문학동네시인선 208 장석주

꿈속에서 우는 사람

시인의 말

이 시집은 '파주 시편'이라고 할 수 있겠다.
파주의 날씨와 계절들, 고양이들과 저녁의 쓸쓸함이 만든
멜랑콜리가 시를 일으켰을 테다.
부엌과 죽은 자들과 어머니에 대해 다 쓰지 못한 것은
애석한 일이다. 악력이 줄고 근육이
소실되자 체념에도 제법 익숙해진다.
한때 시를 쓰는 게 존재 증명이었지만 이 찰나
시는 무, 길쭉한 공허, 한낮의 바다, 평온 몇 조각일 뿐이다.
남은 날을 가늠하기는 어렵지만
무릎을 꺾은 채 고요한 자세로 신발끈을 맨다.

2024년 3월 파주에서
장석주

차례

2부 소규모의 사랑

3부 당신의 슬픔이 깊으니 내 눈썹은 검고

4부 우리는 다른 계절에서 기다렸다

1부

저녁의 건너편에 당신을 숨겼습니다

내일

착한 망치는 계단 아래에 있고
여름의 구름은 하천에 방치되었다.
나는 학교에 가지 않은 동생과 옥상에 서 있었다.
들 한가운데 정류장이 두 군데,
들판에는 청동의 강들이 뱀처럼 꿈틀대며 기어갔다.
동생은 하얀 이를 드러낸 채로 옥수수를 먹고
독재자의 동상 아래 정오의 그림자가 드리워진다.
구부러진 못은 왜 시가 안 되는지,
나비들은 왜 땅으로 추락하는지,
나는 아직 알 수 없었다.
파초 잎에 후두두 빗방울이 떨어진다.
내 인생의 가장 아름다웠던 해에 홍수가 나고
잉어들이 하천을 거슬러올라왔다.
외삼촌들은 그물과 양동이를 들고 나가고
여자들은 노란 나비를 따라갔다는 풍문이 번졌다.
다들 혹독한 겨울이 닥칠 것이라고 했다.
나는 내일이 얼마나 긴 하루가 될까 궁금했다.

술래잡기

뒤꼍 석류가 알알이 무르익고
부엌에서는 아무 일도 없었다.

남자가 문가에서 염소를 맞는다.
염소가 남자를 찾은 건 참 이상한 일,
우연은 꿀벌인 듯 붕붕거리고
남자는 염소의 말을 알아듣지 못한다.

염소들이 몰고 온 가을이 깊어진다.
어머니와 아버지의 귀가가 늦은 날,
어린 누이가 술래잡기를 하다가 잠들더라도
우리의 배고픔은 슬픔이 되지 않는다.

염소는 염소의 말을 하고
파초는 파초의 말을 하는
가을밤의 초입에서 별들을 헤아리며 생각한다.

나는 커서 무엇이 되나?

하늘에서 별들이 후두두 떨어지고
눈과 얼음의 계절이 성큼 다가온다.

멜랑콜리

눈(雪)과 봄, 소금과 후추, 양초 여섯 개를 위해 마련한 계절을 전송하면서 산다. 야만의 계절이 가고 한해살이 식물들은 닳은 무릎을 꺾는다. 비누가 닳는 일은 끔찍하다. 비누가 닳지 않는 날은 더 큰 재앙이다. 차라리 태양이 광기와 대의명분으로 극렬하던 시절을 그리워한다. 뉴질랜드산 마누카 꿀이 바닥났을 때 낙담이 채권자처럼 몰려왔다. 낙담의 빛깔이 다 똑같을 수는 없다. 천지가 바스러지는 소리로 소란스러우면 기분은 방치되는 법이다. 셰익스피어 사백 주기, 쓸모를 잃은 열쇠들, 녹색 채소, 일요일 저녁들, 기쁨 없이 견딜 날들이 더 많아진다.

더이상 젊지 않다고 느끼는 순간 피의 고도는 낮아진다. 빈 복도에는 한기가 들어차고 광장의 천막들은 자취를 감춘다. 정오마다 광장에서 연주하던 브라스밴드는 벌써 철수했구나. 카페를 지나 모퉁이를 돌아오는 길 가장자리에 가랑잎이 쌓인다. 저 녹색의 시체들을 누가 한데 모았을까? 파주의 차고 시린 하늘엔 쇠기러기들이 V자로 대오를 이룬 채 떠간다. 두어 마리는 대오에서 이탈한다. 아마도 날개 근육이 발달하지 못한 새끼 쇠기러기일 테다.

말똥냄새가 풍기는 늦가을 저녁 그늘 속에 가만히 엎드리면 쓸쓸한 기분들이 서성이다가 사라진다. 구석의 흰 그늘이 빛날 때 황혼은 마치 잘 구운 빵 같다. 어린 동생은 빵을 달라고 떼쓰지 않는다. 제 방식으로 환절기를 잘 견디는 동생이 대견하다. 지루한 낮엔 크루아상을 베어먹거나 해바라기 씨를 까먹었다. 입동 저녁에 우리 형제는 키 작은 어머니가 끓인 배춧국을 먹을 것이다. 여긴 응달이야. 누구도 아프지 않으면 좋겠어. 동지 무렵 장롱에서 좋아하는 겨울 스웨터를 꺼내 입는다. 스웨터에선 나프탈렌냄새가 짙게 날 것이다.

생각

춘분인데 눈발이 날리네요. 생각은 눈발보다 더 많이 흩날려요. 수정란의 착상이 그렇듯이 생각이 수태하는 순간은 모호해요. 혼돈 속에서 생각의 지평선은 더 넓어집니다. 자는 데 여러 베개가 필요 없다는 생각, 인생 별거 아니라는 생각, 눈발 붐비듯 머릿속엔 생각이 붐벼요. 생각함이 돛대라면 당신은 돛을 미는 바람이겠지요, 늘 길 없는 길로 끌고 가는 건 당신이에요. 우리는 생각의 금수로 살다 죽겠지요, 이제 생각 대신에 춤을 춰요. 고양이로 환생한 구루들, 그렇지만 우리는 새의 종족으로 진화하지는 못해요. 옆구리에 날개가 돋을 수는 없는 일이에요. 직립보행이 우리의 윤리라면 춤은 고요한 자들의 도덕이 되겠지요. 걷고 달리다가 마지막엔 발뒤꿈치에 날개가 돋아 공중으로 도약하는 우리! 우리가 생각을 공중에 파종하는 농부라면 노래를 잊은 가수는 가장 늦게 돌아오는 생각의 방랑자이겠지요. 춘분에는 집안을 청소해요. 아내는 발레 교습소에 가고, 나는 검은 머리에 눈발 뒤집어쓰고 도서관으로 가요. 눈발을 맞으며 남극까지 갈 수도 있겠다는 기분이에요. 계절이 바뀔 무렵엔 뭔가를 상실한 기분이 되지요. 그렇다고 우울증 약 따위는 복용하지 않아요. 불안은 우리의 양식이고, 여기는 극지니까요. 베를린 중앙역 일대에는 긴 비가 내렸어요. 먼바다 어딘가에는 태풍의 씨앗이 자라겠지요. 당신은 새로운 연애에 어려움을 겪고 머지않아 빗속을 걷겠지요. 생각은 우기에 더욱 번성해요. 동물원에서 표범과 눈을 제대로 맞춘 적이 없어요. 지금 몇억 광년 떨어진 자리에서 어떤 우주의 눈이 우리를 내려다보고 있을까요.

펭귄통신원의 평범한 하루

늦은 오후에 커피를 마시고
수면양말을 신은 채로 잠을 청한다.

펭귄통신원은 얼음과 극지를 연구하고
새벽에는 황제펭귄에 관한 생태 보고서를 쓴다.
금세기 들어 해수면 온도는 큰 변화를 보였다.
먼바다의 수온이 높아지면서
바다는 더 많은 태풍의 볼륨을 키운다.

우리는 살아남을 수 있을까?
그는 펭귄통신원직을 그만둘지도 모른다.

당신이 피아노를 연주할 때
추락하지 못한 마음들이 일렬종대로 돌아온다.
당신은 펭귄에게 기분이 있을까 묻는다.
펭귄통신원은, 있다고 말한다.
그건 시간의 낙차 때문이라고 덧붙인다.

남극 펭귄통신원의 하루가 저문다.
그의 손톱과 머리카락이 미세하게 자라고
감정의 기복은 거의 없었다.
커피맛이 어제와 다르지 않았다고
오늘도 무사했다고

빙벽 너머로 해가 뉘엿뉘엿 지는 걸 바라보며
펭귄통신원은 혼자 중얼거렸을 뿐이다.

여름의 끝 1

번쩍이던 빛이 잦아들면
그늘은 유순해지고 여름성경학교는 끝난다.
최선을 다하던 계절은 지나가고
당신의 이름도 속수무책으로 낡아간다.
콩국수와 함께 슬픔을 삼키던 날이 흐르고
늙지 않는 외로움이 밀려온다.
당신 안의 어린 짐승들은 소리없이 죽으리라.

여름보다 더 오래된 여름,
희망은 부족한 대로 충분하다.
청송 사과들이 끝과 시작을 품으며
둥근 생을 빚을 때
누군가의 어린 시절은 막을 내리고
당신의 털빛은 색깔이 바래어간다.

당신은 작년보다 더 선량해졌으니
여름의 처연함은 막이 내리겠구나.
뇌우가 우는 저녁이 한 줄로 다가온다.
우리 사랑은 잡초처럼 우거지는데
진리와 바다는 항상 뒤에서 천둥처럼 운다.

옛 여행자들은 아무 보상도 없이
먼 곳까지 걸어갔으니

저 여름의 끝에 우두커니 서 있는
털 빠진 짐승들은 누구인가?

여름의 끝 2

공중에 태양의 깃발이 나부낀다.
아버지의 이름은 명예로 빛난다.

우리의 청춘은 영화로웠다고
옥상 빨랫줄에서 빨래들이 마른다.
나는 사후세계를 믿지 않는다.

어느 해 헬싱키행 기내에서 먹은
음식 냄새가 나는
새 계절엔 멜랑콜리가 기습한다.

나는 긴 머리칼을 자르고 돌아온다.
여름이 가고
새 여름은 일 년을 기다려야 한다.

내 안의 한 광인이
몸밖으로 나오려고 몸부림을 칠 때,

잡범들 사이 잠이 든 감옥에서
왜 내가 나오지 않는 꿈을 자주 꾸었던 걸까.

이번 생에서는 무지를 더 키우고자 한다.

누군가가 다른 누군가의 등에 칼을 꽂는 행성에서
무명 여가수가 노래를 부른다.

여름은 끝난 거나 마찬가지다.

양파의 계절

슬픔이 직업일 수는 없다면
진흙은 스승일 수가 없다.

버드나무가 소슬한 종교인 적은 없지만
동물원에서 기린을 보고 온 날
사무침으로 어깨를 들썩이며 운 적은 있다.

모란과 작약, 달과 온천, 연착하는 기차를
살뜰하게 품었지만
계수나무 잎 지는 오후 라디오에서 흘러나오는
빌리 조엘의 노래에 귀기울이며
소규모의 고요를 다독이던 시절은 지나간다.

어머니의 기일에는 면도를 하고
순하게 살기로 마음먹었다.
뜻대로 되지 않았다.
그래서 그까짓 것들 그만 잊기로 했다.
교외에 땅 몇 평이나 사서
텃밭을 가꾸며 어린 딸과 살자던 약조는
지킬 수가 없게 되었다.

날씨가 사악해서라고 변명은 하지 않을게.
내 안의 어린 동물이 죽은 탓이다.

양파꽃 지는 저녁이 돌아오면
사라지는 소년들 탓이라고 여길 참이다.

대낮

취학아동들이 등교한 뒤
라디오 진행자는 오늘의 날씨를 전한다.
하늘엔 구름 약간, 비 예보는 없었다.
주가의 급락이나 급등은 없고
현직 대통령의 지지도는 미미하게 반등한다.
전쟁이 끝난 지 칠십 년이 지났다.
튤립꽃이 피고, 재개발 지역의 철거는 끝난다.
유기견들이 야산으로 올라간다.
이웃집은 별일이 없는 듯 조용하고
한낮엔 탕약 달이는 냄새가 난다.
그림자들이 사라진 이상한 대낮,
개와 사람에게 그림자가 없다면 이상할 것이다.
당신과는 사소한 이유로 다툰다.
커피 한 잔 정도의 사소함이 문제를 키운다.
동네 상가를 지나다가 가방을 산다.
토마토에서는 붉은 맛이 나지 않는다.
입속엔 말을 잃은 혀가 말려 있다.

노스텔지어

호밀빵의 주원료는 강물과 햇살이다.
음악은
바흐보다는 브람스가 좋았을 것이다.

한낮엔 불꽃이 쏟아진다.
바위의 이마팍이 깨지도록 매미가 울고,
브라스밴드 연주가 울리는 광장,
소년의 여름방학은 끝난다.

빗방울이 파초 잎을 두드리면
실로폰소리가 난다.
벵갈호랑이를 키우고 싶다던 친구는
생물 교사였던 아버지를 따라
아르헨티나로 이민을 떠났다.

소년은 아침마다 호밀빵을 먹고
밤엔 등불 아래 엎드려서
아이헨도르프 시집을 읽었다.

무릎과 팔꿈치

1

노동자의 고단함에 관한 이야기다.

갈아입은 바지의 중간쯤이 튀어나온다.
무릎을 혹사한 흔적,
그래, 산다는 건 늘 무릎을 쓰는 일이지.

차가운 무릎을 안으며
계단의 기척을 듣거나 가을의 냄새를 맡는다.
무릎에서 새의 날갯짓소리를 들으며
죽겠다는 말과 살고 싶다는 기도가
같은 말이라는 걸 깨닫는다.

저편에서 희미하게 들리는
무릎의 한숨들.

저 닳아지는 것의 비루함을 모르는 척하지 말자,

이 성실한 노동자에게
누가 그토록 많은 노동을 강요했나?

2

테이블에 팔꿈치를 올리고 앉으면

좋은 인간이 된 듯싶어지는 때가 있다.

탬버린을 경쾌하게 흔들며 노래하던 사람들이
돌아간 뒤 공간을 거머쥐는 고요,
집에 돌아오면 밤의 천장 아래서
뾰족한 팔꿈치 안에 깃든 둥근 빛과 침묵에
집중할 수 있었다.

밤엔 새들도 잠드니까
가능한 일이었을 테지.
누가 가을 별자리들 아래서
마른 풀과 물 없는 우물을 위해
참회했기 때문이었을 테지.

가을의 초입

밤의 책을 펼쳐라,

셔츠의 소맷단을 접으며
여름의 끝에서 여름의 관습에 저항하는
쇠잔한 풀벌레 울음소리를 들으며
잠을 청하는 자의 근심은
불멸이 요구하는 품삯이다.

근심하는 자는 근심으로 삶을 빚고
생명의 심지를 태우며 타오를 때,

저 검은 석탄더미,
내면 형질이 불이라는 걸 알지 못한다.
모든 타오름은 종말에 가닿는다.

석탄은 희망이자 가능성,
석탄의 힘은 맹목의 쌓여 있음에서 나온다.
쌓여 있음이 석탄의 부(富)다.

밤의 근간에서 이마를 수그린 숙녀들아
재에서 솟구치는 불사조를 보라.
석탄더미 위로 차디찬 달,
누구도 무구한 달을 처형할 수 없겠지.

세상의 아궁이들은 불을 꺼뜨리고
일제히 침묵하고 말 테니까.

너희는 수직 낙하하는 별들을 보고
죽은 별들의 한숨소리를 들을 수 있다.

무언가를 갈망하는 것은
우리에게 시간의 부스러기가 있기 때문이다.

저녁이란 장소

저녁입니다. 당신은 해진 신발을 신고 돌아왔어요. 눈동자엔 주황색 피로가 자욱하고 외투의 소매 끝은 남루했습니다. 왜 나쁜 예감은 한 번도 틀린 적이 없을까요? 달은 텅 빈 손으로 돌아왔지만 저녁엔 양탄자도 깃털도 카스테라도 없군요. 우리가 양과 장미를 지키고, 비와 구름의 양육권을 빼앗기지 않으려면 무언가를 희생해야 되겠지요. 나는 손에 쥘 수 없는 것을 가만히 어루만졌어요. 소금은 흰데 그 내부는 어둡습니다. 내가 순진했던 탓일까요. 자꾸 실연을 겪던 시절, 내가 어루만진 건 눈표범의 등이었지요. 저녁은 뱀과 고독과 실패가 발견되기에 마땅한 장소였지요. 저녁마다 검은 우산을 펼치고 그 안에 숨고 싶어요. 내게 빨간 장미를 줄 필요는 없어요. 여태 당신이 누구인가를 말해주지 않은 탓이지요.

저녁엔 늘 소문이 파다했어요. 검은 씨앗 가득히 박힌 해바라기보다 더 심심한 우리들. 당신은 이끼류처럼 조용하군요. 눈웃음이 녹색 깃발이라면 이 세상은 당신으로 말미암아 더 활달해지겠지요. 왜 웃나요? 저녁은 진흙과 얼음의 기척 속에서 착한 보모처럼 우리를 다독이겠지요. 제발 식탁에서 소금과 후추 통은 치워주세요. 우리는 밤의 미약한 화부들. 불을 지피면서 그 안쪽을 염탐하는 것은 우리의 직무입니다. 봄의 씨앗과 여름의 나뭇잎과 가을의 격류를 지나 저녁의 건너편에 당신을 숨겼습니다. 당신은 저녁의 건너편에서 밀가루 반죽에 슬픔을 버무려 아침 빵을 굽겠지요.

저녁엔 자전거를 잃어버린 소년들이 상심한 채 돌아옵니다. 당신은 북쪽 지방으로 떠날 날을 기다리며 망설였지요. 분홍 순모 양말 열두 켤레를 개는 동안 슬픔은 새로운 형태와 윤곽을 갖겠지요. 나는 쓴 것을 지우고 여백에 가난과 입맞춤, 빗방울과 상심한 기분에 대해 겨우 몇 자를 적어넣겠지요. 이 집에서 활달한 튤립과 차가운 달, 낡은 문설주와 경첩을 내몰 수는 없어요. 당신은 문설주에 이마를 대고 우리 생애의 저녁들을 전송합니다. 나는 당신의 등뒤에서 이국의 거리, 청량한 가난을 수신하고 가장 먼 곳에서 얼음 어는 소리에 귀를 기울이겠지요. 베개가 강물이라면 강물에 머리를 뉘는 일은 쉽지 않겠어요. 우리가 베개에 머리를 누일 때 강물은 상류의 돌들을 씻기며 조용히 흘러갑니다.

게르와 급류

문학과 사랑에 빠진 것은 열일곱 살 때,
『문학사상』 창간호를 사서 품에 안고 서쪽으로 갔다.
절두산 성당이다. 당신은 석양을 보고,
나는 당신 눈동자를 보며
서로의 어깨에 머리를 기대었다.
당신 속눈썹이 희게 타오를 때
슬픔은 오장육부 중 붉은 간에서 나온다.
슬픔 한 점 없이 살았다면 파렴치한,
장년기를 넘긴 채 세월의 나이테를 더듬는다.
절망은 여전히 불가능으로 빛나고
『문학사상』은 시난고난하며 예까지 와서
기어코 솟아 푸른 그늘을 드리운다.
우리가 머리통 양쪽에 귀를 달고 나온 새끼를
애면글면 기르는 동안 불순한 날씨들이 지나가고
대통령이 바뀌고 별들이 지상으로 떨어졌건만
연애는 온통 쓸쓸함뿐이었구나.
당신은 먼 곳에서 산다고 했다.
—시간이 없어요, 곧 해가 질 거예요.
구름의 사상은 멀고, 말년의 양식은 넉넉하지 않다.
실망하지 말자. 꿀 한 병과 남천나무가 있지 않은가?
황옥 같은 기쁨을 품고 살아오지 않았는가?
나는 몽골 초원에 가서
게르 한 채를 구해 마두금이나 켜며 살고자 한다.

두부 1

멀리서 오는 것들 중에서 눈(雪)과 은하수와 두부를 좋아한다. 셋은 불의 기원이나 식인 풍습과는 무관하다. 셋은 다 하얀데 하얀 것은 눈과 은하수와 두부 말고도 많다. 모유, 새알 껍질, 양털, 식물 계통에서는 목련꽃, 벚꽃, 찔레꽃도 하얗다. 멀리서 오며 하얀 것들은 마음을 애련하게 만든다.

두부는 새벽에 집으로 온다. 아궁이에 넣은 사과나무 장작에 불붙고, 생나무 연기가 뭉게뭉게 오르는 아침이다. 타닥타닥 울리는 장작의 노래를 들으며 두부를 먹는 일은 즐겁다. 두부를 향한 식욕은 설레고 적막한 일이다. 두부는 하얗고 피도 뼈도 없고 배를 갈라도 내장이 일체 없다. 비늘이나 네발짐승의 몸통을 감싼 털도 없다. 아버지는 버드나무가 선 새벽 강가를 한 바퀴 돌아와 두부를 먹는다. 아버지와 한 밥상에서 두부를 먹으며 가을엔 너무 많은 낙담과 근심이 인생을 망칠 거라는 생각에 빠지지 않으려고 애썼다. 두부는 왜 아침의 종교가 아닐까. 나는 아침에 맨손체조를 한 뒤 두부를 먹고, 흰 눈발 날리는 초겨울 저녁 영안실을 나와서도 두부를 먹는다.

두부는 식물의 겸손이며 자랑거리다. 우리는 두부에게서 비활동성의 능동과 모호한 데 없이 명료한 세계의 윤곽을 본다. 춘분과 청명의 이슬, 곡우의 빗방울이 기르는 식물에서 나오는 이 맛있는 것은 광기로 날뛰는 자들을 진정시키는 효과가 있다. 무릎을 꿇고 오열하는 이들, 악에 받친 이들에게도 두부가 필요할 것이다. 이마가 반듯한 아이 서넛을 낳아 기르는 우리의 이웃도 두부를 좋아할 것이다. 낙담과 실패의 기억으로 슬픔에게 쉴 자리를 내주는 선량한 이웃과 더 친해지기를 바란다. 우리가 두부에 대한 취향으로 연대할 때 인종차별, 혐오, 유혈 전쟁에서 더 멀어질 테다.

아가야, 밤엔 엄마 아빠도 잠들어야 한단다. 울지 말고 자거라. 밤에 잘 자고 아침에 일어나 두부를 먹는 사람들이 이 세상을 만드는 법이란다. 아가야, 너도 얼른 자라서 두부를 먹거라. 별들이 풀밭에 떨어져 뒹구는 아침에 일어나서 두부를 먹는 사람들은 믿을 만하단다. 아가야, 네가 자라서 우울하고 피의 고도가 낮아질 때는 두부를 먹으렴. 너를 미워하는 이들을 미워하지 말고 아침에 오는 두부를 꼭 먹으렴.

나는 두부를 기다린다. 아침에도 저녁에도 두부를 기다린다. 누구나 두부를 먹을 수 있는 건 문명사회의 기적이다. 두부에서 신의 숭고함을 보는 자여, 이 세상에 두부의 내적 고요와 풍요에 견줄 수 있는 게 무엇인가? 두부를 노래하는 시인이 드문 것은 유감이다. 더 많은 시인이 두부를 노래하리라. 두부에 대한 시와 철학이 더 번성해야 하리라. 아침마다 먼 곳에서 두부가 온다는 사실은 놀라운 일이다. 푸른 버드나무가 흔들리는 봄날 아침에 이 순한 것을 삼키는 일보다 더 좋은 일은 없다. 아침마다 두부가 온다면 살면서 지은 죄들을 씻어내고 더 살아봐야겠다.

두부 2

두부는 새벽에 온다.
두부는 아궁이 잉걸불과 함께 온다.
풀밭에 이슬이 금빛으로 반짝이기 전
부지런한 어머니와 첫닭의 울음,
헤어진 연인의 속눈썹에서 반짝이는 눈물,
광야와 미명 같은 것들이
두부와 함께 온다.
새벽에 오는 것들은 다 옳다.

짐승과 하느님이 첫 이슬 밟고 오듯이
두부가 온다는 소식은 놀라웁다.
모란과 작약 피는 일과 소년의 선행들,
당신의 상냥한 목례가 그렇듯이
두부가 온다는 일은 무엇보다 행복하다.
겨울의 문고리를 겸손하게 잡은 손으로
우리는 두부를 받을 것이다.

이 세상에 이별은 많다.
치매와 고독사가 자꾸 늘어나는 것은
두부를 싫어하는 사람이 많아진 탓이다.
이별로 다친 가슴들이 모여 사는 이 지구에서
악의를 행하는 사람들이 풀처럼 무성하다.
잎은 무성하고 가지에는 황금 열매가 매달려도

우리의 보람이 줄어든 것은
두부 없이도 행복하리라는 잘못된 믿음 탓이다.
새벽에 마당을 쓰는 어머니가 돌아가시고
더는 아무도 마당을 쓸지 않는 탓이다.

두부가 오지 않는 새벽은 어둡다.
짐승처럼 엎드려 울부짖고
어머니와의 약속을 지키지 못한 나를 자책한다.
내 탓이오, 내 탓이오.
기후 재난으로 세상의 나무들이 다 쓰러진다면
누가 나무들을 일으켜세울까?
우리가 핏물 도는 고기를 거절하고
실의와 낙담 속에서도 두부를 기다릴 수 있을까?
어머니가 돌아와 내 게으름을 질책하겠지만
나는 두부를 삼키며 약속을 꿋꿋하게 지킬 것이다.

날씨와 기후

옥수수 껍질을 벗기는 동안
가을 저녁이 새와 고양이와 식물 들을 데리고 온다.
먼 곳에서 날뛰는 바다,
어쩌면 바다는 잠잠했을지도 모른다.

기후가 혼돈을 낳고 날씨는 농담을 낳는다.

아가미 없이 깨어나는 소년아,
날씨에 대해서는 아무것도 묻지 말라.
날씨가 네 영혼을 단련하게 하라!
정원에 죽은 개를 묻고 부엌엔 불을 켜두고 잠들 때
개가 손등을 핥던 순간을 기억하자.
주검을 위생적으로 처리하는 기술만 진화한다.

이 가을 저녁 누가 나에게 말해줄까,
모란과 작약 꽃은 왜 빨리 시드는지,
개는 왜 일찍 죽고 장미꽃은 늦여름에 더 붉은가를,

당신은 꿈도 야망도 없는 이웃에게
가서 말하라, 우리가 기후를 어떻게 견디는가를,
사랑하는 사람아, 날씨가 오고 있다고,
가서 말하라, 기후는 우리가 모르는 곳에서
탈피하듯이 죽음을 자주 맞는다고!

소년은 양치류처럼 웃는구나.
영원의 가장자리에 가닿는 법을 모르는 채
내 맥동은 고르게 뛴다.
내 고독엔 손가락 하나도 대지 마라.
고독이 고독을 위해 차린 소찬을 먹게 하라.

더는 누군가를 사랑할 일이 없겠구나.
나는 세포 단위로 날씨를 견디겠구나.

황혼의 올빼미가 있는 곳까지 걸어가자.
당신은 관목 그림자 지는 곳에서
나를 마주쳐도 알은척도 말라!

발레 1

당신은 마루에서 발뒤꿈치를 들고 척추를 세운다. 발끝에는 부리로 연신 햇빛을 쪼는 작은 새들이 산다. 허리를 세우고 견갑골은 내리세요. 당신은 보석가게에는 눈길을 주지 않는다. 그 대신 손끝을 빈 나뭇가지인 듯 허공으로 뻗은 채 목을 길게 늘인다. 좋아요. 아주 좋아요. 산비탈을 오르듯 발끝에 힘을 모으고 즉흥곡을 연주하세요. 은 잎사귀 같은 귀를 쫑긋 세운 소녀들이 공중을 탐색하며 몸을 회전한다. 피루엣. 피루엣.

당신은 발끝을 뾰족하게 모아 바닥을 박차고 날아오르는가.
당신은 중력의 그물을 찢고 공중에서 새의 자세로 날아오르는가.

우리는 비망록을 끝내고 기다린다. 우리는 날마다 가벼움의 영재를 발굴한다. 저 영재가 당신이 갑각류에 속하지 않음을 증명할 테다. 당신은 춤 너머의 춤을 추고, 음악 너머의 음악을 듣는가. 당신은 심장에서 새들과 형태 없는 식물을 키운다.

수관으로 꿈을 퍼올리고 척추를 곧추세운 식물이 자랄 때 밤은 숯과 목재들, 그늘과 수수께끼를 키우리라. 당신은 밤의 정수리에서 키우던 새를 날려보낸다. 당신의 쇄골, 당신의 이마, 당신의 어깨에 새들이 잠시 앉았다가 떠난다. 그

새들은 누구도 포획하지 못하리라. 새들이 날아간 뒤 당신 승모근에는 천 마리 새의 문양이 새겨진다. 저 자유를 향한 불굴의 의지를 다짐하는 낙인이다.

당신이 기르는 새들은 8월의 명랑한 소녀들처럼 까르륵 웃는다. 당신 손끝에서 느릅나무의 초록 잎들 위에서 폭죽처럼 터지는 새들. 당신 두개골에 숨은 새들이 손가락 끝을 빠져나와 공중에서 활강한다. 아, 저 기쁨의 찰나들! 누가 전대미문의 전율을 겪는가. 당신은 공중의 한 정점에서 황옥인 듯 반짝인다.

발레 2

노란 새의 꿈을 품었다. 어른이 되려고. 제빵사의 집에서 향기로운 새를 오래 들여다본다. 새는 침울 속에 앉아 있었고, 내 소년 시절은 곧 끝날 것이다. 파란 대문을 나서 돌아오는데 어깨 위로 노란빛이 쏟아진다. 길은 고요하고 아름다웠다. 태양이 식으면서 나뭇잎이 우수수 떨어진다. 소년이 나뭇잎을 등지고 텅 빈 폐교 운동장으로 달려간다.

시간은 태고의 빛에 물든 무한의 가장자리에서 서성거리고, 새들은 하늘에서 추락한다. 소년이 귀를 열어 강물 우는 소리를 듣는다. 실패에 면역력이 생기면 첨탑의 종지기라도 되어볼까. 얼음과 서리가 오는 새벽마다 몸을 뒤척인다. 내 안의 둥근 씨앗들이 싹을 틔울 기미를 보였다. 초가을 저녁 하늘에 별이 뜨고, 항구에는 출항을 서두르는 배들이 늘어났다. 자, 기억이 나지 않는 수(數)를 기억하고, 옛 별들이 빛나는 숲으로 탐조하러 가자.

어른의 기분은 어떤 것일까. 어린 시절엔 먼 나라의 수도 이름을 외우거나 도서관 계단에 앉아서 농구하는 아이들을 구경했다. 발코니가 있는 집에서 살며 곤충을 채집하고 싶었다. 여름의 크레타, 크레타, 크레타. 올리브나무와 미궁이 있는 크레타섬으로 가야지. 갓 씻은 별 아래 자두들이 익고 있겠지. 나뭇잎을 함부로 대하는 사람과는 말도 섞지 말자. 빨래가 마를 때 가정의 사소한 불행쯤은 견딜 수 있겠지. 불행은 내 무심한 과오들과 가을 황국 언저리에서 꿀벌처럼 잉잉대는구나. 먼 길 가는 소년아, 돌아오라! 돌아오라! 돌아오라!

자, 때가 왔다! 저 높은 데서 나뭇잎과 빗방울을 따 내리듯이. 갈비뼈를 모은 뒤 발뒤꿈치를 들고 걷자. 가난한 연애에 마음을 굽히지 말자. 척추를 곧추세우고 무릎을 올려 나는 법을 배우자. 바람과 속도의 노래를 부르자. 두 팔을 뻗어 공중으로 솟구치는 새가 되자. 상(床) 위에 차가운 물 한 잔을 올리자. 이 별의 연인을 위해 아름다운 자태를 유지하자. 계절이 끝나기 전에 머리를 숙여 안녕, 인사를 하자. 당신의 날개와 고통을 훔치는 새가 되자.

2부

소규모의 사랑

굴

무법천지구나, 이 봄은 시냇물과 정분난 꽃들로 시끄럽구나. 사방에서 꽃들이 불모의 땅을 싹 다 뒤집는다. 세상은 색색의 무질서다. 꽃 핀 지옥. 이 아수라 사태에 책임질 이는 없다. 흐드러진 혼란 속에서 단 한 사람이라도 정신을 차리고 균형을 잡아야 한다. 생명의 세계에서 영원히 확고부동한 것은 없다. 비극은 본디 생명이 무법인 탓에 빚어진 사태다. 무법은 더 큰 무법으로 무찌르자. 당신의 쇄골이 무법으로 아름다웠기에 나는 모란앵무를 키우며 살 수 있었다. 당신이 당신이었기에 얻은 덧없는 행운이다.

굴을 먹으러 통영엘 간다. 벚꽃 만개할 때 돌연 식욕이 돋고 세상은 살 만해진다. 오늘은 어제보다 행복의 체감지수가 조금 올라간다. 갈색 구두를 신은 당신과 검은 가방을 든 나는 식당에 들러 굴을 시킨다. 맛좋은 굴이에요, 이 계절이 지나면 맛볼 수가 없습죠. 당신은 탁자에 올라온 굴을 바라본다. 굴은 희고 반짝이며 식물의 덕목을 지녔구나. 굴은 망각의 연체동물. 온몸이 바다의 기억으로 이루어졌구나. 울퉁불퉁한 껍데기 속에 우윳빛 점액질로 덮인 이것은 어떻게 먼바다에서 여기까지 왔을까.

이 바다의 자양분은 바다에 넘치는 흰빛과 바다가 연주하는 파이프오르간 소리를 포식한 채 불룩하다. 껍데기 속에서 살이 오른 굴을 삼킬 때, 아연과 급류의 응집이 목구멍

안으로 쑥 들어온다. 남해의 짭조름한 해수를 품은 굴! 우리는 혀 위에서 미끄러지는 것을 연신 삼키는데, 이것은 바다의 낮밤이 기른 천진난만한 총아다. 굴은 바다의 일부, 도래하지 않은 계절, 고결한 게으름, 헐벗은 풍요다. 굴에게는 유년의 기억 따위란 없다. 제 어미도 아비도 모르는 채 자라난 굴은 바다의 냉혈동물이다. 바다의 비밀을 속속들이 꿰지만 핵심적 진실은 누설하지 않는다. 차가운 침묵으로 말하는 굴은 악덕을 모르고 늙지도 않는다. 우리는 벚꽃이 필 무렵 식당을 찾아가서 굴을 먹는다.

세계의 침묵을 경청할 때

말들은 무럭무럭 자란다. 세상의 거친 땅을 헤집고 자라나는 것들은 우리의 공훈이고 자랑거리다. 작은 나무는 작은 침묵을 머금고 큰 세계는 큰 침묵을 기른다. 당신은 긴 침묵과 짧은 침묵의 내부에서 흘러나오는 말들을 경청하고 숙고했을 테다. 공중을 휘젓는 바람소리거나 하늘의 소리거나 하염없이 귀를 기울였다. 당신이 세계를 경청했듯이 세계도 당신의 말에 집중했을 테다.

바람이 기르는 고양이를 사랑한 것은 우리가 침묵의 슬하에 있는 탓이다. 고양이는 침묵과 침묵의 사잇길로만 사뿐사뿐 다닌다. 고양이가 걸음을 멈추는 것은 세계의 안부가 궁금해지는 찰나다. 당신은 걸음을 멈추고 저 먼 데를 우회하며 흐르는 강들의 울음소리에 귀를 기울인다. 세계의 말들은 침묵의 돛을 올리고 나아간다. 새와 육식동물의 사이, 양지와 그늘의 사이, 그 중간에 존재하는 고양이를 사랑하는 것은 우리의 윤리적 기쁨이다. 저기 높은 데서 가볍게 바닥으로 착지하는 동물의 품격을 봐. 평생 동화를 짓고 산 사람이나 고양이는 구름의 후예거나 사치를 아는 종족이다.

망백에 이르러 고양이의 대화나 하늘의 피리 소리를 비로소 알아듣는다. 젊은 시절엔 고양이에게서 조심스러움을 배우고, 새에게서 자유를 동냥했다. 연애를 끝낸 뒤엔 서른한 개의 죄와 인격을 키우던 폐허를 관조하고 수국 몇 주를 자랑하는 정도의 부(富)와 일인분의 고독과 선량함을 품었다. 이젠 보이지 않는 저 너머를 보자. 수련 몇 송이의 경이와 열대의 생명이 번식하는 수족관 너머를 사랑하고 꿈꾸자. 콧수염을 기르고 보타이를 매고 산책에 나서자. 이것은 탐미와 결단의 문제가 아니라 슬기와 기쁨의 문제다.

식물의 자세

너는 목성과 토성의 내면으로 침잠한다. 간청하거나 기도로 구할 게 없으면 높은 곳에서 덧없이 시들어 떨어지는 손들. 여기저기 추락을 흘리고 서 있는 나무들. 겨울에는 서 있는 것들이 한 번은 무릎을 꿇는다. 석탄으로부터 돌아오는 속수무책인 시간들. 너는 수생식물의 행보에 대해 아는 바가 없지만 그 무지는 무죄다. 네발짐승의 중력에 대해서도 알지 못하는 너는 물고기의 비늘도 없이 겨우 기린의 꿈이나 훔치겠지.

기린은 땅 위를 걸어다니는 식물이다. 너는 숯과 보석도 없이 얼음이 밀려온 해안가를 서성거리겠지. 돌아오는 것은 늘 불굴의 정신과 승리의 날. 너는 마가목 열매를 머리맡에 쌓아두고 약간의 우울증을 앓겠지. 식물은 심각해지는 법을 모른다. 너는 혼자 늦은 오후의 식당에서 밥을 먹는다. 우리는 미인의 짧은 생과 멸망한 왕조 따위는 금세 잊는다.

식물은 외부로 열린 문을 닫아걸고 고독에 유폐당한다. 악덕이라곤 한 점도 없는 밤이 너의 새로운 종교다. 너는 색채가 없는 고독의 바닥을 응시한다. 간절함이 응시의 깊이를 만든다. 봄의 시체들이 쌓이는 계절에 공기와 모래의 시들이 온다. 봄은 고독의 전령, 고독의 전리품들. 너는 봄의 시체들을 돌본다. 시는 도덕의 견고함으로 식물의 자세를 취한다. 식물은 고요를 염탐하며 동물의 재빠름을 동경한다. 계절의 윤곽이 분명해지면 시집은 권태와 고독으로 살찐다. 시의 성분은 육체적이다. 육체를 통과하지 않은 시는 모조품에 지나지 않는다. 시들은 고독의 피와 살로 이루어진다.

나의 개종

최근의 내 기분을 녹색이라고 한다면
내 종교는 물푸레나무다.

식물의 기분으로 맞는 아침들,
우리에게는 개종을 할 의무가 있다.

눈꺼풀 없는 눈을 깜박이는
국립생태원의 착한 물푸레나무 형제여,

빙하와 수만 밤의 기억을 품고
안개 속에 서 있는 이타적인 이복형제여,

우듬지에 하얀 소금이 반짝이고
막 터지는 빛 속에서 파랗게 열리는 공중,
발끝으로 선 저 물푸레나무들은
전생에 무용수였던가.

우리가 물푸레나무는 아니더라도
아침이라는 종교를 받아들이자.

개종자들이 아름다움 속에서 질식할 때
당신은 개종을 예비하는 동물이다.

건널목

새의 안전이 취약한 지역. 수상한 사람들이 음모를 꾸미고 테러가 발생하는 곳. 고독이 공공재임을 깨닫는 광장의 초입. 첫 연애의 기억을 묻은 봉쇄수도원. 눈(雪)과 눈(目)이 만나는 길 위 간이휴게소. 우울을 찍어내는 인쇄공장. 연인들이 어깨를 기댄 밤의 해안. 계절과 계절 사이에 증식하는 멜랑콜리와 악천후가 시작되는 곳. 시위대의 선두가 잠깐 멈춘 자리. 섬광과 강철로 제라늄꽃을 피우는 장소. 태고의 봄과 무의식의 노래가 흘러나오는 곳. 빗나간 화살이 떨어진 장소. 해저 구리 광산의 입구. 지금은 야생 딸기가 사라진 계절의 끝. 이마에 돋은 땀이 식는다. 마음보다 먼저 너에게로 달려가는 성급한 발걸음을 잠시 멈추자.

8월이 온다. 공중에서 타오르는 해,
내 사랑은 과오였을 뿐, 이제 그만
네 고독 속에 숨긴 수(數)와 비밀을 말해다오,

건널목아,
건널목아.

꿈속에서 우는 사람

어딘지 모를 곳에서
겨울엔 눈 많은 파주로 넘어와서
꿈속의 꿈에서 홀로 울다가
눈사람 몇 개를 만들다 떠나겠지.

지난여름 장마에 맹꽁이가 울 때
시장통에서 사 온 편육을 먹고
고요한 음악에 귀를 쫑긋 세우면
고양이들은 구석에 몸을 숨기고
비탄과 유머도 모르는 채 졸고 있겠지.

피로가 몰려오는 저녁
사랑은 우리의 쓸쓸한 관습,
우리는 등을 켠 거실에서 고양이 두 마리와
눈 키스를 하다가 잠이 들겠지.

어디에서 와서 어디로 가나, 우리는
파주에 산 적이 없는 이들에게
추억을 리본처럼 매달아주는 저녁들,
식탁에는 귀신들도 와서 밥을 먹겠지.

한밤중 늑골 아래서 누군가 말을 거는데
그건 귀신의 말,

알 수 없는 외계인의 말,

겨울마다 눈이 참 많이도 내렸지.
파주에서 인사도 잘하고 잘 웃는 당신,
사랑이 늘 크고 단단할 필요는 없었지.
우리는 작은 사랑을 하며
눈사람을 몇 개나 세우고 고양이를 보살폈지.

제발,
제발,
이게 꿈이 아니라고 말해줘.

파주엔 눈이 많이 내렸지.
눈 쌓인 그곳에서 우리가 죽고 나면
눈썹을 가늘게 그린 딸들이 와
꿈속에서 꿈을 꾸듯이 살겠지.

우리의 기일엔 눈썹 검은 세월이란 하객들이
모였다 흩어지겠지.

나의 종달새에게

당신은 누구의 종달새입니까? 당신은 저 푸른 보리밭 너머에서 노래를 하나요? 물고기에게 헤엄을 가르칠 수 없듯이 당신에게 노래를 가르칠 수는 없어요. 안뜰의 모란에게 누가 저토록 붉은 꽃을 피우라고 했나요? 뒤뜰의 석류에게 누가 홍보석으로 속을 꽉 채우라고 했나요? 아무도 그러지 않았죠. 백합꽃은 희고 동백꽃은 붉어요. 누가 백합에게 흰 꽃을 피우라고 했나요? 누가 동백에게 붉은 꽃을 피우라고 했나요? 아무도 그러지 않았죠. 누가 거울에게 빛을 반사하라고 시켰을까요? 한가로운 봄날 가랑가랑 내리는 가랑비는 왜 한사코 검은 매화나무 가지를 적실까요? 진눈깨비는 왜 물기를 머금고 검은 눈썹에 무겁게 달라붙을까요? 까마귀의 날개깃은 왜 흑단처럼 검고, 새싹은 왜 온통 초록색일까요? 아무도 그렇게 하라고 명령하지 않았죠.

세상은 다들 제멋대로지요. 봄날엔 종달새 노래에 귀를 기울여보세요. 아득한 어제를 박차고 스프링처럼 튀어오르는 종달새, 오늘의 죽음을 물고 전속력으로 달리는 종달새, 녹색 세계의 총아인 종달새, 하늘에 뿌리를 내린 저 명랑한 꽃들! 세상의 캄캄한 귀들아, 저 찬란한 미로에서 운모처럼 반짝이는 종달새의 노래를 들어라! 태초의 혼돈에서 피어나는 착한 꽃들아, 종달새의 노래를 들어라! 당신은 야만인을 조금만 덜 미워하고, 오늘 죽을 자는 며칠 더 살아서 이 빛과 향기를 누리도록 허락하라! 세상은 더 살 만하고, 최후의 심판도 며칠 더 늦춰지겠지요. 이것은 우리가 누려야 할 아름다움의 사치겠지요.

강의 권리

강을 빚는 급류와 바람,
저 심장과 고요한 소용돌이는 누구의 것인가.

강가에 띄엄띄엄 똬리를 튼 뱀들,
갈대와 수생식물, 수면 아래에서 자맥질하는
버들치와 참붕어와 쏘가리!
너희들은 야생의 윤리를 몸에 두르고 늠름하구나.

강의 발원지를 찾아 걸어갔다.
어디에서 어디까지가 강인지는 알 수 없지만
나쁜 날씨와 좋은 날씨를 품고 흐르는
강을 따라 끝까지 갔다.

석양으로 뺨이 붉게 물들고
영리한 개를 데리고 강가를 산책하는 사람들
꿀과 맥주에서 위안을 구하던 시절이 지나가면
서로를 그리워할 때도 오겠지.

우리에게 윤리가 있다면 그 이유는 단 하나
강이 흐르고 있기 때문이겠지.

우연과 정직성을 사랑하는 우리의 권리,
강을 사랑한 우리의 도덕!

너는 사라지지 마라

작은 개는 사라진다.
거리를 청소하는 환경미화원들은 사라진다.
핏빛에 잠긴 해는 뉘엿뉘엿 사라진다.
해질녘 새들은 사라진다.
오대산국립공원 깃대종인 긴점박이올빼미는 사라진다.
어머니가 아끼던 접시들은 사라진다.
기쁨으로 웃음 짓던 날들은 사라진다.
어머니의 낡은 장롱은 사라진다.
엉겅퀴나 민들레, 명자꽃이나 수레국화는 사라진다.
밤이 창조하는 이슬방울은 사라진다.
마가목 붉은 열매들은 사라진다.
소나무 가지에 얹힌 눈은 사라진다.
동지섣달 동천을 가로지르는 쇠기러기떼는 사라진다.
웃음과 눈물의 순간들은 사라진다.
저녁 그늘 눈물 속 고요한 논들은 사라진다.

사라지는 것은 궁극의 착함이다.
사라진 것들은 다른 장소에서 태어나리라.
너는 사라지지 마라.
제발 다른 장소에서 다시 태어나지도 마라.

중국정원*

어린 시절엔 잉그리드 버그먼을
사랑했지.
더 먼 곳에 사는 여자도 사랑했지.

소년들은 가보지 못한 곳을 동경하고
만난 적이 없는 사람을 사랑하지.

단추 없는 상의를 걸친 채
사춘기 소년이 불던 휘파람소리.

청년이 되면
기타를 치며 노래를 부를 거야.

민어들이 먼바다에서 돌아오는
계절,
옛날 소년들 이마에는 푸른 뿔이 돋겠지.

우리가 야생 박쥐라면 먼 곳으로 날아가겠지.

중국정원엔 연못이 있고
여름마다 수련꽃이 피겠지.

소년들은 성큼 자라서

중국정원에 도착하지도 못한 채 어른이 되겠지.

* 시드니에는 명나라의 정원 양식을 본뜬 중국정원이 있다. 중국 광둥성과 오스트레일리아 뉴사우스웨일스가 맺은 자매결연을 계기로 조성된 것이다. 중국인 이민자들이 차이나타운으로 옮겨가자 시드니시는 1988년 1월 17일, 중국인 이민자들이 처음 모여 산 시드니의 록스 지역에 중국정원을 개원했다.

뿔이 없다면 뿔노래도 없겠지

뿔은 재능이 아니다.
차라리 나의 가난이다.

뿔은 고독이 세운 안테나,
뿔이 두 개라면 하나에는 모자를 걸겠지.
뿔은 없어도 뼈는 있겠지.
뿔이 없다면 초식동물이 될 수는 없겠지.
뿔이 없다면 뿔노래도 없겠지.

뿔은 장미꽃 봉오리 두 송이,
뿔은 침묵이 키운 야생 늑대,
뿔이 없다면 뿔노래를 부를 사람도 없겠지.
뿔이 없다면 단식광대처럼 굶겠지.
뿔이 없다면 아버지는 미쳐서 거리를 떠돌겠지.
뿔이 없다면 상심한 마음을 걸어둘 데도 없겠지.

뿔은 뿔노래와 함께 온다,
저기에서 여기로!
뿔은 뿔노래와 함께 온다,
과거에서 미래로!

뿔은 누리에 퍼지는 태초의 평화,
뿔은 영광이자 자랑!

벚꽃, 가난, 아나키스트

벚꽃 다 졌다.
꽃 진 자리에 어린잎들이 올라온다.
올해의 슬픔은 다 끝났다.
열심히 살 일만 남았다.

가난은 빚이 모자란 것,
구두 밑창이 벌어지는 슬픔,

해질녘엔 실밥 묻은 옷을 입고
벚꽃 진 길을 걸었다.

살강의 접시들과 저녁밥 짓던 형수,
옛날의 소년들은 다 어디로 갔는가?
나는 잘못 살지 않았으나
저 어린잎만큼 후회가 많구나.

단추 두어 개 떨어진 셔츠는 사라졌다.
당신은 그 자리에서 기다리는가?

자, 네게 건네는
하얀 달을 받아라.

올해 가을은 정말 바빴지

주말의 포커 게임과 시중은행의 고정금리 말고
비누와 암스테르담의 운하를 이야기하자.
주식시장과 가상화폐를 화제에 올리지 말고
가을의 멜랑콜리와 파주 날씨를 이야기하자.
감자튀김과 재테크로 말씨름을 하느니
난민과 기후변화를 이야기하자.
학교 폭력 논란과 대통령 후보 얘기도 시들하니
뭉게구름과 새끼 염소를 이야기하자.
아파트 시세와 새 휴대폰의 성능은 그들에게 맡기고
인류의 하찮음과 종말을 이야기하자.

나는 일곱 번이나 안으로 접힌 존재,
횡격막 아래 내 존재를 숨겼으니
올해 가을엔 시간이 없었지.
아예 입도 뻥긋 못할 만큼 바빴지.

녹색 별의 궤도와 달의 분화구, 구름의 변화와 영리한 소년의 미래, 끝이라는 단어가 품은 슬픔, 내 것인지도 모르는 채 움켜쥔 사유재산, 별의 순간과 당신의 애티튜드 들을 이제 허심탄회하게 이야기하자.

올해 가을은 끝나버렸지.
마가목 열매를 따느라고 시간이 없었지.

평범한 날씨와 맥주 첫잔의 황금빛 기쁨,
기침을 하는 당신의 흰 이마,
별과 깃털이 있는 곤충을
돌보느라 우리는 정말 바빴지.
산골짜기의 그늘들과 강물의 수려함을 돌보느라
다음 생을 기다릴 여유조차 없이 바빴지.

비 갠 오후

겨우 하나의 삶이라고 하자.
그냥 아름다운 전쟁이라고 하자.

흑해 날씨는 흐리거나 맑겠구나.
누군가는 술과 담배를 간절하게 원하고
하늘에서는 커다란 손이 떨어진다.

각급 학교가 개강을 하고 조카는 문법 공부를 시작한다.
나는 향신료를 넣은 고기 파이가 싫고
봄비 소리를 듣는 순한 귀를 좋아한다.

빗소리에 귀를 기울이면 비는 그친다.

수요일엔 베란다 반려식물들에 물을 준다.
시간은 있다, 아직 시간은 있다.
한 취사병이 음식에 침을 뱉고 오줌을 섞는다.
길고양이는 새벽 문밖에서 운다.

길모퉁이에서 당신과 헤어질 때
슬픔은 그냥 사라지는 법이 없다.

편의점에서 우산 몇 개가 팔렸다.
비 갠 오후 나는 납골당에 가지 않았다.

눈 치우기

거울을 치우자.
거울을 치우자.

저렇게 거울을 쌓아두는 건 위험해.
일기예보는 자주 빗나갔다.
기상청 직원들이 국회 청문회에 불려갈 거야.

무언가를 쌓아두는 건 어리석은 짓이지.
저렇게 쌓인 건
평범한 악과 우울이 늘었다는 증거야.

불행은 저토록 거울이 많다는 것.

구멍가게와 조랑말과 정오에 열두 점을 치는 벽시계와
꾀꼬리의 귀와 어여쁜 두개골과 함께 눈은 내린다.

우리의 죄보다 한 뼘은 더 넘게 쌓인 눈,

오늘은 저것을 치우자.
오늘은 저것을 마저 치우자.

이별의 노래

오늘이 우리의 끝은 아니겠죠.
안녕, 하고 등 돌린 당신을 배경으로
지구가 자전할 때
어린 풀잎들은 발이 시리다고 하겠죠.
그 찰나 우리가 한 일이라곤
이별이라는 이상한 열매를 깨무는 게 다였죠.
그뒤로 내 노래는
다 이별의 노래가 되고 말았죠.
당신이 누군가와 아침에 들른 식당
나는 저녁에 홀로 찾아가 밥을 먹고 돌아오겠죠.
당신의 아침은 나의 저녁이 되겠죠.
울고 싶은 당신, 울 때 조금 덜 울고
웃고 싶은 당신, 웃을 때 더 크게 웃어요.
당신이 웃을 땐
세상도 함께 웃을 테니까요.

작별인사는 저만큼 달려가
벌써 어제의 일이 되고 말겠죠.

3부
당신의 슬픔이 깊으니 내 눈썹은 검고

파주

생각이 많은 하루가 저문다. 우리는 한 침대에서 잠든다. 악천후와 빗물, 옛 밤과 흰 그림자를 그득 실은 배가 도착한다. 꿈은 추억의 망토를 걸치고 오는데, 바짓자락은 예측할 수 없는 곳에서 젖는다. 이곳은 비의 산지(産地)다. 비의 출하. 빗물이 진흙과 나뭇잎, 자의식으로 충만한 돌, 나무의 뿌리 들을 씻기며 땅속으로 스민다. 물은 뱀처럼 움직인다. 움직임이 날래지도 굼뜨지도 않은 물이 낮은 곳으로 향한다. 겸손한 물, 겸손한 여름. 너를 만질 수 없는 여름 내내 물고기를 바라본다.

젊은 부부여, 봄에서 가을은 멀다. 세 개의 창문은 닫고, 한 개는 열어놓는다. 가을로 접어들자 날지 못하는 새들이 자주 발견된다. 새들이 나뭇잎을 달고 날기를 시도한다. 하지만 아직은 역부족이다. 너는 밤을 새우고 후추를 친 살코기를 굽는다. 식탁에는 후추통과 소금통이 있구나. 도마와 식칼은 어머니의 것이다. 파주는 춥다. 어머니가 해산할 날이 다가온다. 불행에 익숙한 어머니들. 파주 공단의 공장 몇 군데는 문을 닫았다. 영하의 평온. 북쪽은 침묵으로 가득차 있다. 거울이여, 거울이여. 밤의 폭설. 빛은 가장 늦게 먼 곳에서 온다. 겨울의 마른 수풀 위에 밤새 퍼붓는 검은 눈. 그 안쪽에 괸 고요가 가만히 눈을 뜬다.

밤이 느릿느릿 지나간다. 죽고 싶을 만큼 깊은 사랑이 지나간다. 나는 망원경으로 먼 데를 관찰하며 그 관찰기로 모래의 책을 짓는다. 해바라기는 시들지만 너의 머리카락은 검구나! 녹색의 바다는 한 장뿐. 바다는 멀리 있다. 너의 우산은 없구나! 이슬과 입맞춤을 했다고 승리를 장담하지 마라. 너는 흰 셔츠를 입고 나간다. 어디로?

너는 아침식사로 토마토를 먹는다. 동지 저녁, 부엌 개수대에 너는 기대어 운다. 그 아침에 울고 있던 건 양 한 마리뿐이었구나! 양은 장미를 사랑했구나. 너는 뒤늦게 사랑에 빠졌구나! 어머니가 너의 쇄골을 본다. 어머니는 너의 굶은 마음을 염려한다. 저녁이 올 때마다 빈 새장을 처마 끝에 매다는 어머니. 빈 새장 속에서 어머니가 운다. 어둠 속에서 너의 희고 깨끗한 이마가 빛난다. 어느 날 갱도가 무너지고, 야생의 검은 잎들이 우수수 떨어진다.

새

눈(雪)과 죄로 범벅된 음습한 계절이 지나고, 산벚꽃 잎 떨어진 뒤 사나운 여름이 온다. 어제는 접골원을 다녀오고, 오늘은 치과를 갔다. 늙은 치과의사가 내 구강을 들여다보고, 가끔 잘못 걸려온 전화들이 울렸다. 당신의 마음을 오독해서 연애는 자주 실패했다. 당신은 실연을 털어내고 일어났나?

사는 건 피크닉이 아니라 노역이었어. 여름날엔 시작하는 일과 실패 따위를 두려워하지 않으려고 이를 악물었다. 제도와 족보, 도덕과 관습에서 도망치고, 새벽 풀숲에서 떨어진 별을 주우며 불가능을 꿈꾸었다. 젊음이란 잔고가 두둑했으니 가여운 것들은 안중에도 없었지. 바람 구두를 신고 떠돈 랭보 씨, 나도 목포나 군산 선창가 언저리에서 술병을 쓰러뜨리며 통음을 하다가 돌아왔어.

새들은 공중의 산책자, 공중은 배와 새들의 사원. 늙은 어머니는 사원의 새들 중 가장 작은 새를 가여워했다. 바람의 서재에서 책을 읽었다. 시냇물의 음악에 귀를 기울였다. 공중에 뿌리를 내리는 새들. 새들이 지나간 자리에 별의 잔해가 뿌려진다. 새들은 공중의 정원에서 키우는 푸른 불꽃이다.

광장에서 트럼펫소리가 울리면 새들은 날기 위해 뼈를 비운다. 비행의 영재들은 당신의 상처를 헤집으며 날아간다.

당신의 눈이 세상에서 가장 먼 곳이라면 새들은 당신의 눈을 향해 날아간다. 당신의 눈은 녹색 오로라가 펼쳐지는 극지일 것이다.

당신과 고양이

폭설이 퍼붓는 밤이었지. 바람은 자고 폭설은 쌓이고 있었지. 눈발, 눈발, 눈발! 저 천공(天空) 어딘가에서 별들이 제 궤도를 돌고, 먼지로 변해 쌓였지. 한밤중 고양이 발자국이 눈길에 점점이 남겠네. 눈이 쌓이면 검은 눈썹도 하얗게 변하겠지. 눈이 쌓이면 영혼은 파래지고 피는 얼음 속 물고기처럼 식겠지.

그 밤중에 귀가 큰 명랑하고 상냥한 고양이의 초상화를 그렸지! 종이 인형과 호박 수프를 좋아하는 당신은 카나리아의 울음소리를 흉내내는 고양이야. 내가 왜 달이 아니냐고 묻지는 말게. 당신은 도무지 알 수 없는 불가사의한 동물이거든. 달에게 파양되어 다시 거리로 돌아온 고양이에게는 늘 비밀과 의혹이 따라다니지.

조수와 고양이들은 달의 영향을 받겠지. 고양이들이란 달밤의 창백한 철학자! 바람과 속력을 편애하고, 난간에서 무언가를 잔뜩 노려보는 고양이의 자태는 예사롭지 않아. 핏물 든 발톱과 송곳니를 숨기는 건 고양이의 사생활이야. 용접공에겐 용접공의 사생활이 있듯이 고양이에겐 고양이의 사생활이 있는 거야.

누군가 당신을 뉴욕에서 보았다고 했지. 당신은 차이나타운에서 잭 케루악과 굴 요리에 샴페인을 곁들인 점심식사를

하고 아메리카노 한 잔을 든 채 공원을 찾았지. 천천히 산책할 요량이었지. 광대가 겨울 햇빛을 등지고 당신 곁을 무심히 스쳐지나갔지. 아, 그때는 겨울이었지.

나는 단 한 번도 고양이의 초상화를 그리고 싶은 생각이 들지 않았지. 고양이는 도넛 구멍이야. 그건 우연히 떠오른 이미지. 도넛 구멍에는 아무것도 없었지. 그저 텅 빈 구멍이었을 뿐 무슨 의미는 없지. 당신의 초상화를 그리려다가 무심코 고양이를 그렸지. 누구나 실수를 할 수 있는 거야. 나는 정말 고양이를 그리고 싶었던 걸까. 오, 고양이! 나는 당신의 초상화 대신에 고양이를 그리고 말았지!

나비

봄꽃 진 뒤 나뒹구는 고막들. 너는 빵을 베어물고 달린다. 너는 청동의 말과 함께 돌아온다. 너는 가난한 화부가 놓친 불의 작은 혀, 실현되지 않은 기쁨이다. 너는 모래와 금속 알갱이는 아니고 부드러운 맥박을 가진 양이나 초원에 내리꽂히는 벼락, 노래하는 백합, 수풀 위에서 빛나는 쓸모없는 금, 아름다운 배(船), 부레, 속삭임. 너는 궁핍과 궤양에서 태어나 가벼운 눈(雪)의 일생을 산다.

밤이 내리면, 너는 어디론가 숨는다. 너는 악천후 속에서 종이처럼 가볍게 난다. 생물의 가벼움은 네가 누릴 영예다. 찢어지지 않는 향기는 너의 긍지다. 노동자 부부의 아기가 신은 작은 꽃신은 너의 날개다. 너의 심장에는 달콤한 이슬이 가득하구나. 노란 창문들, 얼굴이 새까만 광부의 반짝이는 눈, 광산에서 캐내는 구리와는 반대편에서, 너는 봄날의 안개와 꽃잎, 가벼운 포옹과 기도, 눈앞에 펼쳐지는 세계에 속한다.

삼나무

삼나무는 그 존재만으로 경이롭다. 상대적으로 짧은 생을 살고 떠나는 고양이에게 연민을 느낀다. 나무는 슬픔의 깊이를 갖고, 고양이는 날쌤으로 경쾌함을 짓는다. 우리는 자주 나무의 길고 느릿한 활동성을 간과한다. 죽음은 삶이 그렇듯이 무게를 잴 수 없다. 삶이 식물이라면 죽음은 이방의 낯선 언어다. 죽음은 급류 같은 삶에 고요가 거두는 승리다. 농담 같은 죽음이 올 때 나무는 뿌리를 박고 선 자리에서 조용히 쓰러진다. 동물이라면 사지에 경련을 일으키며 심장을 멈추고 호흡을 끊을 것이다.

그해 봄은 신도시 대학 부속병원의 신생아실과 영안실 사이를 왔다갔다하며 지냈다. 그동안 온갖 열매의 맛을 보았을 사람은 바다의 황혼을 보고 돌아왔다. 우리는 대지에 서 있는 나무와 씨앗의 긴 삶을 얘기한다. 이천 년을 견디고도 싹을 틔운 씨앗은 경이롭다. 수첩에 적힌 죽은 이의 이름과 연락처를 지우고, 밤에는 어깨를 가늘게 떨며 울었다. 얼마나 많은 우연이 우리를 이끄는가? 백화점이 무너지고, 강을 가로지르는 교각이 거짓말처럼 내려앉는 사고를 겪고도 우리는 살아남았다. 깃발을 치켜든 용기가 아니라 불운을 웃도는 행운 탓이다.

백과사전만큼 지식을 쌓더라도 더 행복해진다는 증거는 없다. 식물들의 광합성도 모르는 채 육식동물로 살았다는 뜻이다. 나는 그림자처럼 살았다. 상해보험과 생명보험을 들고 난 뒤 농담과 능청과 거짓말은 늘었다. 나는 손톱을 주기적으로 깎지만 버드나무처럼 의롭지 못했다. 연애는 늘 실패했다. 오늘, 나는 아름다운 내부를 가진 자귀나무가 외치는 소리를 들었다. 바보야! 그게 아냐!

죽은 나무의 주변으로 개미떼가 몰려든다. 우기 때 공기에서는 볏짚냄새가 난다. 비가 오면 공기가 무거워지고, 우리 슬픔의 양은 늘거나 줄지 않는다. 나무들은 수직의 슬픔을 견디며 이 세상을 받치고 서 있다. 외할머니는 어린 인류에게 애호박을 채썰어 넣고 수제비를 끓여 먹이셨다. 수제비 국물을 목구멍으로 넘기면 환대와 기쁨을 받는 느낌이었다. 검은 구름 따위는 무섭지 않았다. 태양 아래 석류와 으름과 무화과는 가지를 뻗고 열매를 키운다. 나는 눈망울이 큰 말처럼 서 있으려고 애쓰지는 않았다.

우편배달부에게는 우편배달부의 생활이, 양치기에게는 양치기의 규칙이, 젊은 배관공에게는 아내와 젖먹이 아이가 함께하는 배관공의 소규모 오락이 있으리라. 백일몽을 담요로 덮어두고 식료품가게에 갔다. 계산대 앞에는 먼저 도착한 이들이 서 있었다. 그게 왜 안 돼? 이봐, 더 노력해봐. 산다는 것은 의혹과 확신 사이에서 진자 운동을 하는 일이다. 쓸쓸한 오후에 신문 부고란에서 망자의 이름을 찾아보거나 나보다 먼저 죽은 철학자의 책을 뒤적이는 게 내 덕목이다. 부고란에 이름을 올린 망자는 나와는 일면식도 없다.

음악

꽃들은 태양의 유족이다. 제 안의 빛을 최선을 다해 바깥으로 밀어내는 꽃의 노동이 없다면 세상은 조금 더 어둡고 쓸쓸해질 것이다. 이 세상에 아무 목적도 없이 오는 것은 없다. 추락하는 피와 빠른 죽음을 애도하기 위해 꽃은 우리에게 온다. 꽃은 검은 늑대같이 빠르게 피어나 별과 교신한다. 귀를 기울이면 천상의 선율이 들렸다. 음악은 눈(雪)과 불꽃을 삼키고 믿을 수 없을 만큼 빠르게 자라난다. 음악의 높이는 기적이다. 수직으로 자라는 음악은 파란 행성에 쏟아지는 유성우와 함께 처음이자 마지막으로 소리의 아름다운 내부를 보여준다. 악천후가 잠든 심연 속에서 우리는 귀를 닫고 고요의 안쪽을 유심히 들여다본다. 경이로운 빵과 빼어난 건축술, 부동하는 식물의 사색과 고요한 부흥, 그리고 음악의 기쁨이 사라진다면 인류의 반은 돌연 땅에 이마를 찧고 싶을 만큼 불행해질 것이다.

음악이 사라진다면, 빛과 열매, 메아리와 천의 봄밤, 흰 장미와 눈보라, 소년과 소녀들의 기쁨도 사라진다. 무채색의 세상에 음악이 사라진다면, 꽃들은 상심하고 아끼던 의자는 부서질 것이다. 겨울의 물고기들은 고독을 겪겠지. 우리에게 음악을 다오. 천진무구한 음악은 생명의 원소, 뜻밖의 슬픔이다. 우리에게 담요와 생수, 양털로 짠 보온 양말과 함께 음악을 다오. 음악의 부재가 산소의 희박함을 초래한다. 인파와 담배 속에서 랭보는 죽어간다. 랭보는 음악의 기쁨을 찾아서 북아프리카 사막을 떠돌았다. 이제 그만 양을 키우는 사람과 함께 돌아와다오. 오, 여름의 나무들이 움켜쥔 잎들을 풀어놓는다. 녹색 깃발을 흔드는 나무들이 아무리 울창해도 행복하지 않다. 우리는 부재중 신호가 울리는 전화기를 붙들고 있는 사람처럼 멍청해 보일 것이다. 당신에게 안부를 묻지 못했다.

강과 나무와 별이 있는 풍경

옆집 남자는 저녁마다 집 앞에 나와 담배를 피우며 잔기침을 한다. 오전 여덟시면 직장으로 출근한다. 그렇게 살다 죽는 게 우리가 사는 세상이구나. 임진강변의 호로고루 유적지에서 11월의 지는 해를 전송하는 자여, 등을 돌려 너의 배후를 보라. 강물은 낮은 데서 울고, 저 융기는 어떤 슬픔이 쌓은 흔적이구나. 연천의 너른 들을 거쳐서 옛 성터로 올라오는 강바람은 거칠다. 파주 교하에서 온 사람은 얇은 종이 같은 가슴을 부여잡는다.

강물은 북쪽에서 발원해 서쪽을 향해 흐르고, 저 끝까지 걸어가본 자만이 강물이 닿는 곳을 알겠지. 우리가 모르는 것들은 앞으로도 영원히 모를 것이다. 겨울나무들은 말기 폐암 환자처럼 까칠한 몰골로 서 있다. 나무의 내부에 급류가 없다면 우리 내면에도 슬픔의 무늬 따위가 있을 리 없다. 죽고 태어나는 것을 반복하는 우리가 할 일은 오직 사랑하고 이별하는 일뿐. 이 저녁 누군가 죽는다면 저 강물 때문이리라.

임진강 너머에서 기러기떼가 V자를 이뤄서 날아올 때 우리의 피는 침울해진다. 광산 노동자의 무릎이 닳을 때 우리는 이 세상의 소용돌이를 겪는다. 나는 술자리에서의 호방한 약속과 오늘의 운세를 믿지 않고, 통계학과 심리학에 대한 신뢰도 역시 낮은 편이다. 내가 믿는 것은 중력과 기차의 운행 시간표와 충주 사과의 당도와 중국술의 알코올 도수뿐이다. 늙은 어머니는 무릎 연골이 닳아 결국 인공관절로 대체했다. 아, 우리가 슬픔을 슬픔으로 받는 부족인 것을 뒤늦게 알아차린다.

길고양이가 풀밭 한가운데에 멈춰 서 있다. 돌과 길고양이는 그림자를 가졌다는 점에서 닮았다. 귀가 큰 천사가 있다면 저 고양이와 같은 자세로 나타날 것이다. 천사여, 지는 해를 전송하는 자가 서 있는 서쪽을 보게! 그림자들이 길어지는 시각. 당신은 얼굴에 분칠하고 아코디언을 연주하는 어릿광대를 사랑한다고 말한다. 당신은 산성산 잣나무숲을 다녀왔다고 사진을 보내고, 나는 부엌에서 라디오를 켜 아주 작은 노랫소리에 귀를 기울인다. 그게 이 세상에서 배울 진실의 전부인 것을.

기쁨을 기쁨으로 받을 때 물은 우리를 먼 곳으로 데려가리라. 추억이 방울방울 떠오르는 먼 곳에서 모란꽃이 필 무렵엔 우리 사랑도 시들지 않으리라. 경첩이 헐거워진 낡은 문을 바람이 흔들며 지나간다. 키가 낮아진 어둠 속에서 강물소리에 귀를 기울이는 자여, 바람이 거칠구나. 잠시 숨을 멈추고 보라. 방금 지나간 저것은 천사가 아닌가? 우리보다 늦게 와서 첫 말문을 틔운 어린 딸에게 천사를 보았노라고 일러줘야 하리라. 죽지 마, 죽지 마! 어둠이 깊어도 어디 한군데 등불을 내다 걸 곳이 없구나. 이른 밤, 어린 별들이 고아원 복도에 나와 오들오들 떨고 있구나. 슬픔이 우리가 묵을 집이 아니라면 우리는 어디서도 잠들 수 없겠구나.

춘분 무렵의 저녁식사

해마다 나이테를 만드는 게
일의 전부인 듯
하늘의 젖을 빨며 서 있는 나무들,

당신의 눈썹은 잿빛,
금혼식은 멀다.

춘분 무렵엔 날씨가 중요해.

새끼 염소의 염통이 자랄 무렵엔
뿔냉이와 흰눈썹뜸부기의 안부를 묻자.
올해도 마가목은 새로운 귀를 달고
남해 농어들은 부레가 조금 더 커지겠지.

식탁에 올린 흰 접시들엔
쓸쓸한 기분과 한결같은 다정함,

아아, 늦게 돌아왔구나,

늦은 밤 식탁에서 이마를 맞대고
조용히 음식을 먹는 우리들!

하얀 방

날씨는 누군가 먼 곳에서 보낸 소식이다. 당신은 언제나 하얀 앞니를 보이며 웃고, 나는 미간을 찌푸리며 눈꼬리를 올려 사나운 표정을 짓는다. 당신의 표정과 몸짓이 나의 날씨라면 당신이 연둣빛 봄비 이틀을 내게 보낼 때 나는 당신의 등이나 옆구리를 쓰다듬으려고 한다. 만질 수 없는 것을 만지려고 손을 뻗는 나여, 참 어리석구나! 거리를 가늠할 수 없는 먼 곳, 태풍이 자라나는 먼바다에서 당신이 애처롭게 울고 있겠구나.

당신을 기다릴 때 나는 울지 않고 다만 깨끗한 하늘을 스치는 번개를 본다. 당신의 슬픔이 깊으니 내 눈썹은 검고 내면은 단단하다. 시금치와 구운 생선을 먹고 밤에는 맥주를 마신다. 소문과 거짓말이 퍼지는 다른 세계에서 온 당신을 알지 못한다. 고독의 세입자인 당신, 오, 나의 피안이여. 오늘 당신은 먼 곳에서 출발한다고 연락한다. 당신은 이미 텅 빈 방과 가까운 장소에 불시착한다.

아, 나는 다시 태어나는 일은 없겠구나. 누군가의 자궁에서 심장을 새로 빚어 태어나려고 양수를 쏟는 일은 없겠구나. 손톱과 수염이 자라는 세계에서는 한 번 태어난 걸 무를 수는 없다. 입술을 동그랗게 모으고 봄이라고 발음해보자. 여기가 피안이 아니라면 도대체 어디란 말인가? 금지를 금지하자. 번식과 멸종이 일어나게 놔두자. 꽃들은 누구의 조력도 없이 가지 밖으로 불거지고 극장에서 나온 연인은 그 길로 헤어진다. 우리는 태어나고 죽는다. 흰빛이 넘치는 거실에는 녹색 잎을 틔운 식물들이 수화를 한다. 당신은 여기에 없다. 거실엔 나침반과 방위표가 있다면 좋겠다.

당신은 언제부터 당신이었는가? 설마 당신은 여기에 온 적이 있었나? 당신은 삼만 년 전부터 태어나려고 하지만 무모한 일이다. 우리는 날씨를 예측하는 일에 실패한다. 당신의 기분이 날씨에 따라 자주 변하기 때문이다. 나무와 석탄 속에 숨은 불이 밖으로 솟구칠 때 당신은 당신이 부재하는 곳에서 뛰쳐나간다. 산소를 뿜는 초목이 자라고 가슴 붉은 새가 오리나무에서 우는 아침이 온다. 당신은 우리 곁에 오지 못했다. 아침에 오지 못한 사람은 기어코 오지 못한다. 약속이 깨지고 도착이 지연되면 우리의 슬픔도 유예될 것임을 안다. 우리가 태어나지 않은 자의 외로움을 모르는 이유는 그 때문이다.

채식주의자

당신은 나비가 되려는가. 한낮의 햇빛 아래에서 나무 잎사귀를 씹을 때조차 그게 빗방울이나 이슬이 아니라서 양심의 가책을 느낀다고 고백하는 당신. 당신은 먹고 마시는 사람, 노래하는 혀와 날개를 가진 사람. 당신의 소화기관이 새처럼 소용량이길 바라지만 불가능한 일. 소화기관이 작은 생물은 배설량도 작은 법이다. 소량의 씨앗을 삼키는 노란 새를 닮기 위해 당신은 욕망을 약분한다. 우리는 존재의 뺄셈을 하려는 당신을 애처로워하며 경애한다.

수건을 쓰지만 그 내부는 모른다. 우리의 위와 간과 콩팥에 대해서도 아는 게 없다. 당신은 수건의 숫자와 개체에서 생에 실패한 인간의 흔적을 찾아낸다. 자, 노래하는 빗방울과 우박이여, 우리 함께 먹고 마시자. 생명의 진리와 아름다움을 겪기 위해! 인생의 진실은 이게 다예요! 그 밖에 피가 도는 것, 숨을 쉬는 것, 눈망울을 껌뻑이는 것, 새끼를 잉태하는 배를 가지는 것, 새끼에게 먹일 젖을 내는 것이 전부예요.

동물 형제를 죽이지 않으려는 당신에게 꽃을 건넨다. 도축과 살생을 부끄러워하는 것은 당신의 숭고한 권리다. 당신은 자꾸 세상의 저편으로 숨는다. 당신은 모처에서 은신하고 씨앗 한 줌을 삼킬 뿐이다. 당신은 사랑과 비탄에 관한 시를 쓰기 전 흰 장미에 지친 몸을 기댄다. 이제 당신은 세상의 저편에서 이편으로 건너올 수가 없다. 육식주의 지옥에 불시착한 당신은 불행에 대해 입을 다물라. 당신의 머리에 웃음과 비애가 키운 가시면류관이 빛난다.

계단이 있는 집

고양이가 눈을 가늘게 뜨고
우리가 어렸을 때 살았던 계단을 바라본다.

계단은 일곱 살이 되지 않았다.
왜 계단은 더이상 나이를 먹지 않는가?

계단은 순진함과 불안을 딛고 성장하는 식물,
어린 조카의 분홍색 잇바디,
건망증을 가진 아주머니네 저녁 식당이다.

마가목 여섯 그루의 그림자를
바라본다, 새싹을 격려하는 봄비가 내리고
세상은 그럭저럭 살 만해진다.

바람을 딛고 노래하는 소녀와
계단이 없는 집엔 슬픔이 있어서는 안 된다.

계단과 난간이 없는 집에
산다는 것은
영혼 없이 사는 거나 마찬가지다.

늙은 아버지가 양의 콩팥을 굽고
형들이 계단을 내려와 거리로 나설 때

내 순진무구한 사랑은
돌연 시작하거나 끝난다.

염색공장에서 보낸 한철

다리를 건너자
모르는 동네가 나왔다.

내가 꿈에서 본 것보다
빛에 감싸인 동네는 깊고 자명하다.

누군가 바다는
저쪽이라고 일러주었다.

파도는 맹금 같고
옛날 고모의 얼굴이 떠올랐다.

염색공장은 일손이 모자란다고 했다.
환풍기가 낮밤 없이 돌았다.

누구에게도 사랑을 맹세한 적은 없다.

나이가 들면서 얼굴은 길어졌다.

여름 언덕에서 소녀가
자전거를 타고 내려오고,

환풍기가 퍼뜨린 소문들로

그해 여름은 시끄러웠다.

해바라기꽃이 피자
소년은 언덕으로 올라가 종이비행기를 날렸다.

어둠이 낮과 밤의 경계를 지우고
세상의 보라색을 회수해갔다.

클레멘타인 1

인생이 뭔지도 모르는 채 살았죠.
집은 구했으나 가족은 흩어지고
성공은 했으나 사랑은 잃었죠.
무화과 열매가 익는 계절이 오면
잘못 살았다, 라고 후회를 하겠죠.
인생의 맛이 어떠냐고 묻는다면
식은 카레를 떠먹는 맛이라고,
쓸쓸하게 웃으며 말하겠죠.

내 사랑아, 내 사랑아
나의 사랑 클레멘타인

늙은 아비는 치매에 걸린 채로
무화과나무 뒤에서 혼자 웃겠죠.
집을 떠난 딸은 돌아오지 않고
그물을 깁고 가을의 별이나 세던
당신은 그럭저럭 살 만하다고 하겠죠.

클레멘타인 2

오소리들이 돌아오는 골짜기 초입에 집 한 채가 서 있다. 우리는 정수리를 누르며 노란 달이 떠오르는 가을 저녁을 맞는다. 힘줄이 솟은 손에는 장작을 팰 도끼가 들려 있다. 세상의 대의명분과 정의에 동의하지 않는 당신은 밀가루 반죽을 밀며 아득한 눈빛으로 저 너머를 바라본다. 당신은 두통이 밀려오는 이마를 문설주에 기대고, 나는 짐승처럼 탄식을 뱉어낸다. 우리가 늦은 저녁 호롱불 아래서 수제비를 떠먹는 동안 건넛방에서 태어나지 않은 아기가 칭얼댄다.

내 사랑아, 내 사랑아
나의 사랑 클레멘타인

먼바다에서 방어잡이 어부들이 부르는 노랫소리 들린다. 바다는 물이랑이 일렁이고, 바닷가에 서 있는 사내들은 담배를 물고 있다. 신들이 돌보는 과수원은 먼 고장에 있다. 서리 내린 뒤에도 따 내리지 못한 언 사과들이 나무에 달려 있다. 우리는 눈썹 한 켤레를 벗어놓은 채 잠든다. 우리의 가난으로 살얼음이 끼고 당신은 새벽마다 깨어 기도한다. 이슬을 밟고 돌아오는 당신 손에는 언 사과가 들려 있다. 우리가 아직 살아보지 못한 날들이다. 미래는 저만치에서 차디차게 식는데, 우리 딸은 집을 떠나 돌아오지 않는구나. 우리가 가진 두 쌍의 귀 사이로 해류가 흘러간다. 오늘은 날이 흐리고 바람이 약하게 불지도 모른다.

동지

낯선 손이 불쑥 나와 밤의 창문을 닫는다. 저 사소한 동작, 새벽에 빵을 굽는 이웃이 꾸리는 삶의 견결한 방식이다. 창문 하나, 창문 둘, 창문 셋, 창문 넷, 창문 다섯, 창문 여섯…… 창들이 다 닫힌 뒤 비가 양육하는 오후가 온다. 비 한 줄기, 비 두 줄기, 비 세 줄기, 비 네 줄기, 비 다섯 줄기, 비 여섯 줄기…… 비는 공손하다. 토방 아래 가을의 탕약들이 끓는다. 차렵이불처럼 쌓은 어둠이 무너진다. 경첩이 없는 어둠이 왈칵 쓰러지고, 향나무 있던 자리에 생긴 상점의 불빛이 빗줄기 사이로 가늘게 흔들린다.

아버지는 말한다. 의자를 뒤로 끌지 말거라, 숫자가 얼마나 중요한지를 새겨야 어른이란다. 인생의 금언을 말할 때 아버지는 창백한 불꽃으로 흔들리고, 나는 집을 나와 거리를 내달린다. 아버지, 아버지, 언제 죽으실 건가요? 매화 꽃망울 다 열린 뒤에 눈을 감으시든지 말든지. 물방울은 종이에 얼룩을 남기고, 내 근심은 더 빨리 자라났지. 세월이 지난 뒤 아버지의 몸통으로 새 천 마리가 숨었다. 아무도 새 천 마리의 행방을 찾는 이가 없었다.

4부
우리는 다른 계절에서 기다렸다

정수리, 화살, 닭

제발, 내 정수리에서 춤추지 마라!
제발, 내 혈관 속에서 노래하지 마라!
제발, 내 눈썹으로 딴 애인과 소풍오지 마라!
제발, 내 잠에 네 꿈을 공연하지 마라!
제발, 내 정원에서 사과를 따려고 설치지 마라!
제발, 내 버드나무에게 예의 없이 굴지 마라!
제발, 내 침묵에 끼어들지 마라!
제발, 내 닭들을 다그치지 마라!

열매 없는 나무들아 고맙구나.
호락호락하지 않은 가을을 견딘 보람이 있었구나.
그예 여기까지 왔구나.
북극 찬 바다로 나가기 전
아, 나는 조금 피로하구나.
가을이 끝나고 머리를 고요한 데 두지 못한 채
오랫동안 잠 못 들어 뒤척이겠구나.

동물원 초

비가 내렸지. 새로운 별은 발견되지 않았지.
그저 겨울이 왔다가 사라질 무렵
응달 쪽 잔설이 이야기처럼 쌓여 있고
음악은 어느새 그쳐 있었지.
우리는 궁핍과 망치를 내려놓고
랄라라라 노래 부르며 동물원으로 소풍을 갔지.
바람이 나뭇잎을 쥐어뜯어 공중에 흩뿌렸어.
어린 시절은 빨리 지나갔지.
일곱 사람과 이별한 뒤 새 사람을 만났지.

처음에 기린과 코끼리를 보았지.
함부로 침 뱉는 아이들처럼 활기가 없었지.
야생에서 추방된 동물들은 저마다 흔들리는 현존,
동물의 내부에서 꺼진 불꽃들이 흐느꼈지.
더이상 랄라라라 노래를 부를 수 없었지.
우리는 동물들이 느린 강물을 사랑하고
흙과 황혼을 좋아한다는 사실을 깨닫지.

태풍 온 다음날 동물원엘 갔지.
여우와 원숭이와 비단뱀과 늙은 사자를 보았지.
우리가 동물원에서 본 것은
뜻밖의 영혼들, 상한 별들, 정체 모를 침묵이었지.
유년기가 없는 맹수들,

초목과 대양과 악천후를 잃어버린 초식동물들,
가난한 나의 형제들아.
가뭄과 문맹을 견디던 시간은 쪼개졌지.
너의 향기와 열매가 없으니
먼 항구를 그리워하는 일도 없겠구나.

너희는 노래하지 않고
너희는 열매도 없구나.
또다시 동물원엘 갔지, 밤새 비가 내렸지.
도랑에 나뭇잎과 죽은 뱀과 물이 넘쳐흘렀지.
우리는 뼈다귀처럼 울었지.
울적한 호랑이가 비를 바라보았지.
선량한 형제들아, 달아나라, 시멘트와 강철에서
달아나라, 하나가 아니라 여럿으로
달아나라, 관습과 적과 영토에서
달아나라, 바다의 너울로, 장벽을 넘어
달아나라, 달아나라, 너희의 존엄으로,
저 초원의 순결한 죽음으로!

우울한 계절이 지나는 동안
빵을 반죽하는 일과 달리기를 멈추지 말자.
편지와 입맞춤도 기다리지 말고
풀밭에 떨어진 별도 줍지 말자.

우리는 최악과 최선 사이에서 방황했지.
음악과 연애에 대해 배우지 못하고
가끔 도서관과 극장 근처나 서성거렸지.

동물원의 형제를 잊은 채
우리는 거듭 연애에 실패하고
젖은 신발을 신은 채 달리던 아이들은 어른이 되었네.
부엌에서 고등어를 굽던 어머니는 늙고
가을은 붉게 깊어가고, 바람은 방향이 바뀌었지.

우리에겐 솔직한 화법이 필요해!
더 많은 연애와 자유가 필요해!

하이네켄 맥주를 마시던 시절

베란다에서 저녁이 오는 걸 지켜보며
우리는 하이네켄 맥주를 마셨습니다.
전두엽이 자주 몽롱해졌어요.
집집마다 장미를 키우고 신문을 구독하고
애써 식물의 기분으로 살던 때니까,
벌써 오래전 일이네요.
먼 고장에서 오던 편지가 끊기고
내 안에서 공허는 길쭉해졌습니다.
바람이 불지 않는데 깃발은 펄럭이고,
집에 도착하지 못한 아이들 서넛이
깃발 아래 서서 지네처럼 울었습니다.
먼 데서 밤이 오기 때문일 거라고
짐작을 합니다만 확실하지 않았어요.
실연한 남자가 한 일이라곤
모란 같은 외동딸을 살뜰하게 키우는 것이었지요.
사랑의 슬픔을 다 탕진한 뒤
우리는 하이네켄 맥주를 더는 마시지 않는
이상한 계절로 접어들었습니다.

버드나무 갱년기

금요일 저녁엔 영화를 관람하고
일요일 아침엔 흰 셔츠를 입고 버드나무 성당엘 갑니다.
강의 서쪽에 살 땐 자꾸 눈물이 차올라
일없이 강가에 나갔다가 돌아오곤 했지요.
내 정수리께에 새치가 늘고
당신의 쇄골은 아름답고 숭고했습니다.
약간의 몽상, 약간의 키스, 약간의 소금이
우리 자산이었는데, 그것만으로 충분했습니다.
당신은 슬픔의 슬하에 있는 아이들에게
기린과 중국 음식, 여수 밤바다가
생의 사치라고 일러주었습니다.
냄비에서 꽁치와 바다가 끓며 넘치던 계절,
바람을 방목하는 보리밭은 파랗고
버드나무가 버드나무로 살 수 있도록 놓아두는 동안
우리의 기쁨은 자주 증발했습니다.
그 많던 건달과 삼촌들은 다 어디로 갔을까요?
칠흑의 하늘에 내건 등불들도 다 꺼지고
버드나무 몇 그루를 견디는 것도 쉽지 않았습니다.

파주에서 봄밤엔

당신은 남쪽 지방으로 간다고 한다,
올해 북쪽 지방의 자두나무 열매는 흉작일 테다,
틀림없는 일이다,
튤립꽃들은 낮엔 깔깔거리고
지금은 귀를 쫑긋 세워 땅속 메아리를 듣는다,
물은 식물의 뿌리처럼 흐느끼고
밤은 야만인들과 먼 곳에서 온다,
밤의 소맷자락은 낡았구나,
둥근 언덕 위로 떠오른 달,
눈꺼풀이 없는 달,
죽은 자를 위해 눈물을 흘린 적이 없구나,
달이 조용히 장지문을 두드리면
안쪽에 깔린 청결한 요와 이불,
거기 한 사람이 누워 있구나,
하마터면 죽은 제비인 줄 착각하겠다,
죽은 자들이 꽃으로 환생하는 봄밤,
제발 어린아이들이 돌아다니게 하지 마라,
오직 애도하는 자들만
새로 돋아난 풀같이 울게 하라,

검은 장화

살아온 날들과 살아갈 날들 사이에서
술꾼들이 항만의 배처럼 앉아 있다.

시작도 끝도 없이 흘러가는 시간들,
제비떼는 날아오지 않는다.

웃자란 풀을 낫으로 잘라낸다.
골목에서 고양이들이 맹수처럼 울어댄다.
자두 잼을 만들던 어머니의 행방은 묘연하다.

일렁이는 바다에 투신하는 3월의 눈,
창고엔 검은 장화 열두 켤레,
산불로 침엽수림은 잿더미가 되고
소방대원들은 재 묻은 몸으로 돌아갔다.

내 무지로 밤은 어두워지는구나!
이 밤 망치는 쓸데가 없으니 잘 간수해라.

알코올 중독자의 피가 낮아지는 저녁

앞발을 치켜들고 몸부림칠 때마다
개의 목줄은 팽팽해진다.
줄은 개를 놓아줄 생각이 없다.
무엇이 내 목에 줄을 걸어놓았나?

목련나무 가지마다 꽃망울이 터지고
빈 개 밥그릇에는 햇빛이 쌓이고

사는 게 팽팽하지 않다면
잘못 사는 거라고
혼자 자책하는 한낮

온다, 검은 머리 위로 컬러풀하게 쏟아지는 절망
온다, 생리 불순을 앓는 여자의 낯빛
온다, 씨앗들 속엔 푸른 기적의 날들
온다, 미칠 수 없는, 차마 미치지 못한 날들
온다, 거리에 질펀하게 엎질러진 저녁

창문은 동일한 형태의 반복이다.
창문은 건물의 무의식이다.
창문은 불행이 놓친 사건이다.
창문은 불가능성의 한계다.

하루의 생을 마치고 죽음을 수납하는 우리,
살아 있다고, 살아 있다고,
목줄에 매인 개가 맹렬하게 짖어댄다.

내 인생을 망친 건

여름이 인생을 망쳤다.
춘삼월과 버드나무와 자두만으로는
불충분했다.
단 하나의 여름이 더 필요했다.

여름은 빨리 돌아오고
비열한 폭염이 들판을 태운다.

스무 살 무렵엔 여름이 좋아서
그 행복을 탐하느라 세월을 탕진했다.

나는 빵의 제국을 찾는 지도를 구하느라
시간을 다 써버렸구나.

어느 날 깨어나 주방으로 달려갔다.
밤새 천장에서는 쥐들이 뛰어다녔는데
주방에 남은 빵이 없었다.
바닥에 주저앉아 생각했다.

빵이란 무엇인가?
불행이란 무엇인가?

너무 많은 빵들이 인생을 망쳤다.

불행이 제 날카로운 부리로
내 몸을 쪼아대고
살갗이 벌어지고 피가 솟구쳤다.
자두와 토마토가 익고 있었다.

내 인생을 망친 건
여름도, 빵도, 불행도 아니다.

내 목덜미에 구멍을 내고
진액을 빨아대는 그 무엇,
그것이 나를 덮쳤을 때
불행이 활짝 피어났다.

그러자 태평성대가 화사한 날개를 펼쳤다.
나는 속수무책이었다.

기린이라고 불리는 식물

당신이 문가에서 기린을 맞을 때
기린은 먼 데서 온 당신의 이복형제,
웃음 속에 거짓말과 진실을 감춘 형제,
당신은 방탕한 세대에 속한다.

기린은 당신의 말을 모르고
당신은 기린의 말을 알아듣지 못한다.
당신은 때때로 울고
기린은 우는 법을 알지 못한다.

왜 기린은 당신의 꿈속을 헤매는가?
왜 미인은 생애 주기가 짧은가?
왜 당신은 중국인 친구가 한 명도 없는가?

초식동물의 상냥함을 배우지 못한 채로
살아온 것은 당신 운이 좋았던 탓이다.
기린에게 바닷가의 석양을 보여주고
기린의 마음을 받으려 하지 마라.

자, 이리 와서 빵과 포도주를
함께 나누자.

밤은 찬란하고 불안은 다정하다

밤은 아침의 피부양 가족,
어느덧 와 있는 내가 놓친 애인,

햇빛이 파도 머리마다 부서지는 아침,
저 바다는 누구의 꿈이었을까.

자, 나가자 나무들아,
불면과 나쁜 꿈을 지운 뒤
이제껏 하지 않은 일을 하러 가자,

식물의 마음으로 산다고
소나무같이 늘 푸르렀다고 할 수는 없겠지만,

아기를 낳은 여자들과 아기를 낳지 않은 여자들, 어린 동생들의 칭얼거림, 기타와 드럼 연주자들, 담배를 피우는 남자들, 투기꾼과 배신자들 사이에서 나는 풀잎처럼 펄럭거렸다. 삶이라는 미제 사건에서 내가 놓친 것은,

저 거리에 널린 소규모의 불행들,
내가 살아보지 못한 저 지루한 거리!

밤에 식물처럼 자라는 당신과 걷기

당신은 녹색 식물, 당신은 침묵의 원뿔 속에 웅크린다. 당신 안에는 폐와 심장, 불투명한 의혹 들이 공존한다. 당신은 여러 의혹을 안고 걷는 사람…… 물은 흐르고 당신은 걷는다. 당신 안에서 둥근 고요가 자라나는 건 꽃 필 징조다. 당신은 언제나 자기 밖으로 나와 당신의 안을 향해서 한없이 걷는다.

당신의 출구는 당신이었어. 당신 안에는 새장과 감옥이 있고. 침묵이란 새와 집착이란 죄수가 산다. 당신 안에서 혼자 사는 당신은 며칠씩 입을 다문다. 당신이 개울물소리를 읽고, 모란과 작약이 꽃망울을 키우는 기척에 귀를 기울이기 때문이다.

헤어진 이의 안부는 묻지 않는다. 가끔 마루까지 들이닥친 비가 당신 안의 고요를 들여다보고 돌아간다. 복사꽃은 폈다가 지고, 달은 찼다가 기울었다. 노모가 헌옷가지를 남기고 떠난 뒤 수제비도 팥죽도 더는 없었다. 굶을 수는 없어서 이틀이나 사흘마다 전기밥솥에 밥을 지었다. 전기밥솥이 저 혼자 끓어 넘치다가 밥이 다 되었다고 소리를 냈다.

당신은 당신 안에서 걷는 사람이다. 걷기는 존재의 파닥거림, 당신은 날개를 파닥거린다. 밤에 식물처럼 말없이 걷는 건 당신이 당신 밖에서 자유를 얻는 몸짓. 걷기는 오, 경이로운 슬픔 속에서 슬픔 밖으로 나가는 일. 대지 위로 미끄러지는 저 하염없는 걸음을 보라.

걷기는 동물의 기예, 춤과 신명의 시작.

밤의 별채 같은 고독

당신은 지나가는 사람. 무지몽매한 몸으로 떠도는 우리, 우리는 평화로운 하루를 산다. 오후에 중국차를 마실 때, 당신은 다육식물을 키우는 일에 열심이다. 우리가 서로를 사랑하려면 몇억 겁의 세월도 모자란다.

천 개의 폐를 가진 밤, 바람이 스칠 때마다 별이 기침을 한다. 오늘 밤하늘은 별의 기침소리로 가득찼구나! 건강은 인류의 미래다. 방광이 깨끗하다는 건 지독히 외로운 일이다. 외로움은 당신에게만 일어난 존재사건이다. 외로움이 늘 슬픔을 부양하는 건 아니다. 나는 가끔 담낭에서 시를 끄집어낸다. 고양이는 노조를 결성하지 않는 유일한 야간 노동자다. 김밥 한 줄을 먹고 외투를 걸친 채 산책에 나선다. 눈사람이 있는 거리에서 고독은 존재의 돌연한 정전(停電)이다. 거리에 뒹구는 검은 비닐봉지 속의 주검. 고양이의 수염과 사지는 이미 뻣뻣하다. 당신은 항상 늦게 도착한다. 모든 것을 그 이전의 시간으로 되돌리기엔 늦었다. 당신은 쓸개즙 같은 검은 고독 속에서 표류한다. 고독은 삼억 팔천육백만 년 전의 숲을 돌아나온다.

밤의 밑바닥에 당신의 이름을 썼다가 지운다. 이름은 세계와 나 사이의 중재자다. 하얀 눈 속으로 빠지는 당신의 발. 눈사람은 자꾸 어디로 달아난다. 당신은 말할 때 입을 가리고 시든 풀밭처럼 조용히 웃는다. 봄이 오면 잘 살아봐

야겠다. 우리는 기린을 보러 동물원에 간 적이 없지. 봄이 오면 당신은 초록 화관을 쓰고 거리를 걷겠지. 잘 웃는 당신, 당신은 겸손하고 시금치를 좋아한다. 시금치를 먹을 때 소량의 철분이 당신의 핏속으로 녹아든다. 하루 치의 고독이 녹아서 스며들 때 당신은 밤의 별채 같은 고독을 끌어안으며 웃는다.

귀순

어느 핸가 북한군 조종사가 비행기를 몰고 남쪽으로 넘어왔다. 사람들이 귀순이라고 수군거렸다. 당신에게 귀순하고 싶었지만 나는 미완의 문장을 쓰고 늘 실패하는 사랑에 골몰했다. 당신이 멀리 있었으므로 내 사랑은 실패했다. 산책은 우리의 신흥 종교예요. 한 종파가 세계의 종말을 예언했다. 그해에 어떤 종말도 일어나지 않았다. 우리는 김밥 몇 줄을 사 먹고 해외여행을 가려고 여권 사진을 찍었다. 당신과 도시 외곽의 동물원으로 기린을 보러 가기로 약속했지만 우리와 다른 계절에 머물던 동물원에 가지 못했다.

우리는 다른 계절에서 기다렸다. 기다리는 일에 서툴러서 자주 실수를 했다. 내가 모란과 작약의 계절에 머물 때 당신은 먹구름이 몰려오는 우기나 활엽수의 잎이 떨어지는 늦가을에 머물렀다. 우리가 계절이 엇갈린 채 기다릴 때 돌은 길가에 뒹굴고 소나무는 솔방울을 매달았다. 텅 빈 운동장에 나가 팔을 크게 휘둘렀다. 공은 멀리 포물선을 그리며 날아갔다. 공이 떨어진 곳에서 여름이 돌연 끝났다. 곧 낙엽이 지고 천지간에 서리가 내렸다. 수족관에 있다는 남극 펭귄을 보러 가지 않았다. 어느 밤에는 감자를 쪄 먹으며 시립도서관에서 대출해 온 책을 읽었다.

우리는 떠나지 않으려고 떠나고, 사라지지 않으려고 사라진다. 누군가 당신을 스톡홀름 국립도서관 열람실에서 봤다고 소식을 전해왔다. 어쩌면 헬싱키 도심의 아카데미아 서점이었을지도 모른다. 난간에 서서 행인에게 인사를 건넨다. 안녕하세요? 나는 잘 있습니다. 국내 정치에 아무 관여도 하지 않은 채 초연한 자세로 당신을 기다렸다. 정치는 자세가 전부다.

오래 기다릴 때조차 당신이 오지 않을 것이란 사실을 알고 있었다. 가령 가랑잎 한 잎으로 세상의 무게를 가늠해보려는 자는 외로운 자다. 그해 가을 아이는 잔디밭에 떨어진 공을 좇아 뛰어간 뒤 돌아오지 않았다. 강원도 양양에서는 큰불이 산림을 집어삼켰다. 늦은 가을날 오후에는 빗물이 유리창에 번지며 흘러내렸다. 당신은 잘 있겠지? 겨울의 눈사람은 어디론가 사라졌다. 배역을 얻지 못한 배우가 자살한 봄에는 이 세상 것이 아닌 흰나비가 날아왔다. 봄에 치통에 시달리다가 치과를 다녀왔다. 한 기결수가 내 기사가 실린 신문을 보았다고 책을 보내달라는 편지를 보냈다. 그와 나는 일면식도 없는 사이였다. 길을 잃었을 때만 우리는 우리 자신을 돌아본다.

물위에 쓴 이름을 지우다

살아 있음은 부재에 대한 알리바이를 만든다. 알리바이가 없는 실존은 불가능하다. '살기 위하여'와 '죽기 위하여'는 한뜻이다. 가을의 마가목에서 잎이 진다. 지는 것이 저 활엽수의 잎뿐이랴. 시간과 그림자들도 왔다가 간다. 당신이 김밥을 먹거나 핏물이 섞인 고깃덩어리를 씹을 때 쇠는 녹슬고 부식한다. 이별은 허기에서 겪는 창백한 환각이다. 건너편 창가에 하얀 얼굴이 잠깐 나타났다 사라진다. 나는 한낮에 무릎을 꿇고 운 적이 있다. 나는 강물에 당신의 이름을 쓰지 못한다. 산 자가 겪는 이별은 작은 죽음이다. 솟은 것은 낮아지고 상승하는 모든 것에겐 추락이 닥친다.

개는 죽고 사람도 죽는다. 일간지들은 이 비극을 전하지 않는다. 탄소의 밤이 끝날 때까지 생명체는 굳은 채로 있다. 우리는 아직 태어나지 않은 생명들의 시간을 산다. 누군가 울고, 산봉우리는 솟고, 도시 외곽을 휘감고 흐르는 강이 멀리 흘러간다. 오후의 햇빛이 기우는 각도를 보고 나는 책을 덮는다. 책은 다른 책들의 죽음 속에서 태어난다. 내 마음이 아픈 동물의 신음소리를 내는 정오에는 수탉이 울고 수선화가 피어난다. 연못의 물이 찰랑인다. 거위는 피로를 모르는 동물이다. 사슴은 동물계의 식물이다. 잠자듯 죽은 개의 털에 늦은 오후의 햇빛이 자글자글 피처럼 엉겨붙는다. 곧 밤의 식물들이 자라는 시간이 오리라. 평범한 여름이 지나간다. 비둘기떼가 분수처럼 하늘로 솟구치고 노숙자 두엇이 제 그림자를 데리고 사라진다. 지구는 축이 23.5도 기울어진 채 공전하고 태양은 동쪽에서 표류한다. 오늘 저녁은 산 자의 것이다. 누군가는 백수(白壽)가 지루하고 불편해질 것이다.

엄마, 왜 이렇게 작아지셨어요?

엄마는 미아들의 은신처다.
밤이면 하얀 달이 솟고
늘 젖과 꿀이 흐르는 낙원이다.
부엌은 불의 신들이 머무는 하늘,
화구마다 착한 불꽃이 새싹같이 올라오고
화구마다 국과 밥이 끓어 넘친다.
별자리들이 계절마다 이동하고
별들은 슬픔의 윤무를 추었다.
네가 자라자 엄마의 낙원은 비좁아 보였다.
너는 엄마가 부르던 노래의 곡조를 잊고
낯선 항구와 이국의 거리를 헤매며
인생이 녹록지 않다는 걸 깨달았다.
아, 사는 게 지루하구나,
권태는 인생에서 가장 미약한 불행의 신호!
네가 돌아왔을 때
조그맣게 줄어든 엄마의 부피에 놀랐다.
엄마, 엄마, 왜 이렇게 작아지셨어요?
허리가 굽고 눈이 안 보인다는 노인 곁에서
너는 괄약근을 가진 어릿광대였구나,
불행의 신들이 왜 이토록 설치고 다니는지
어리석은 너만 몰랐구나!

날씨들

무수한 여름 안의 여름을 보내며
우리는 수박을 파먹고 더위를 이긴다.

빗속에 비,
빗속에 비,

몸은 젖지 않고 마음만이 젖을 때
우리는 여름이 끝나기를 바랐다.

근심인 듯 구름 밀려간 자리에
파란 하늘이 빛날 때,

강물이 시작되는 곳을 모르는 채
우리는 강으로 몰려가서
돌을 집어 힘껏 던졌다.
강의 중심으로 돌이 사라졌다.
강물 속에서 누군가 입을 벌리고 돌을 받아먹는다.

배롱나무가 붉은 꽃을 피운 저녁
간고등어의 살을 발라먹으며
도심에 말벌이 떼를 지어 출몰한다는 뉴스를 들었다.

여름은 무수히 많은 여름 안에 숨고

내 꿈에
내가 나오지 않는 날들이 흘러갔다.

해설

권태와 우울의 이중주

류신(문학평론가)

1. 나는 내일이 얼마나 긴 하루가 될까 궁금했다

시집을 열면 맨 처음 만나게 되는 시는 늘 독자의 마음을 두근거리게 만든다. 첫 시에는 독자가 마주한 시집의 미래와 운명이 잉태되어 있기 때문이다. 눈 밝은 독자라면 첫 시에서 시인이 품은 문제의식의 징후를 포착하고, 이를 근거로 다채롭게 전개될 작품세계의 향방을 예측할 수 있다. 대개 첫 시는 서문 대신 쓴 서시일 확률이 높다. 그러므로 시인이 고민을 거듭한 후 최종으로 선택한 첫 시를 꼼꼼히 읽고 깊이 이해하는 일이 관건이다. 첫 시를 설렁설렁 읽거나 아예 건너뛰고 다른 작품들로 성급히 돌진하면 미로에 빠져 헤맬 공산이 크다. 장석주 시집 『꿈속에서 우는 사람』도 예외는 아니다. 이번 시집의 최전선에 암호처럼 배치된 「내일」이 독자의 해독(解讀)을 기다리고 있다.

착한 망치는 계단 아래에 있고
여름의 구름은 하천에 방치되었다.
나는 학교에 가지 않은 동생과 옥상에 서 있었다.
들 한가운데 정류장이 두 군데,
들판에는 청동의 강들이 뱀처럼 꿈틀대며 기어갔다.
동생은 하얀 이를 드러낸 채로 옥수수를 먹고
독재자의 동상 아래 정오의 그림자가 드리워진다.
구부러진 못은 왜 시가 안 되는지,

나비들은 왜 땅으로 추락하는지,
나는 아직 알 수 없었다.
파초 잎에 후두두 빗방울이 떨어진다.
내 인생의 가장 아름다웠던 해에 홍수가 나고
잉어들이 하천을 거슬러올라왔다.
외삼촌들은 그물과 양동이를 들고 나가고
여자들은 노란 나비를 따라갔다는 풍문이 번졌다.
다들 혹독한 겨울이 닥칠 것이라고 했다.
나는 내일이 얼마나 긴 하루가 될까 궁금했다.

—「내일」 전문

파격적인 시어나 현학적인 개념이 등장하지 않는다. 현기증을 유발하는 파천황(破天荒)의 가설도 들리지 않는다. 의도적인 비문이나 문장의 사지가 절단된 앙장브망(enjambement)도 없다. 문법에 맞는 간명직절한 문장들이 차분하게 이어진다. 형용사와 부사의 사용을 의식적으로 절제한 무미건조한 문장들이 산문처럼 나열되어 있다. 직유법("뱀처럼 꿈틀대며")이 한 번 사용되었을 뿐, 고난도의 언어 곡예를 펼치지 않는다. 시인을 대변하는 시적 자아가 관찰하고 묘사하는 고향 마을 여름의 풍경은 낯설지 않다. 시인이 기억하는 가족들의 모습 또한 친숙하다. 하지만 막상 「내일」을 완독하면, 시 텍스트 전체에 뿌연 안개가 낀 인상을 받는다. 하나하나의 단편적인 이미지와 사건의 내용은 어렵지 않게 파악되는데, 이미지와 이미지의 연계성, 사건과 사건의 전후 맥락을 추론하기는 녹록지 않다. 특히 시적 자아가 내면화하는 세 질문("구부러진 못은 왜 시가 안 되는지" "나비들은 왜 땅으로 추락하는지" "내일이 얼마나 긴 하루가 될까") 앞에서 독자의 당혹감은 증폭된다. 시인이 전하려는 메시지를 요량하기 힘들기 때문이다. 「내일」의 첫인상을 두 문장으로 요약하면 이렇다. 친숙한데 생경하다. 분명한데 알쏭달쏭하다.

그렇다면 이 '생소화 효과(Verfremdungseffekt)'는 어디서 기원하는가? 첫째, 상황과 상황, 사건과 사건 사이의 내적 연관성을 파악하기 어렵다. 예컨대 병렬로 연결된 1행과 2행을 보자. "착한 망치는 계단 아래에 있고"라는 상황 묘사는 그리 낯설지 않다. 망치를 수식하는 형용사 "착한"이 조금 어색하게 느껴질 뿐, 망치가 계단 아래 놓여 있는 정황은 그리 이상하지 않다. 한여름 강물의 표면 위에 비친 정처 없는 구름의 모습을 "여름의 구름은 하천에 방치되었다"고 표현한 것도 충분히 이해할 수 있다. 1행의 문장만을 독립적으로 읽으면 아무런 문제가 없다. 2행의 문장도 마찬가지이다. 하지만 1행을 읽고 2행을 연달아 읽으면, 말하자면 1행과 2행이 '종적'으로 연결되는 순간 돌연 상황은 낯설어진다. 계단 아래 망치가 있는 상황과 하천이 하늘의 풍경을 반영하는 상황 사이에는 아무런 논리적 연관성이 없기 때문이다. 그림에 비유하자면 일상생활의 사물을 그린 '정물화'

와 자연 풍경을 담은 '풍경화'가 느닷없이 병치됐기 때문에 독자는 생소함을 느낀다.

그렇다고 모든 행과 행 사이에 단절의 함정이 놓여 있는 것은 아니다. 3행부터 7행까지는 종적 상관성이 비교적 쉽게 파악된다. 동생이 다니는 학교 근처로 추측되는 집의 옥상에 서 있는 화자(3행)는 들판을 바라보며 정류장 두 곳에 잠시 시선을 집중했다가(4행), 지그재그로 들판을 가로지르는 강쪽으로 시야를 확대한다(5행). 그리고 이 거시적인 조망의 시선은 학교에 가지 않은 채 옥수수를 씹어먹고 있는 동생의 "하얀 이"(6행)를 살피는 미시적인 관찰자의 눈으로 바뀐다(6행). 그러다가 시적 자아의 시선은 학교 운동장에 세워진 독재자의 동상에 드리워진 "그림자"(7행)로 향한다. 소설의 한 대목처럼 서사의 흐름이 자연스럽다. 하지만 이 흐름은 다시 자기 성찰적인 질문들의 개입(8~10행)으로 끊어진다. 이후 홍수가 난 사건(11~12행)과 이 기회를 이용해 외삼촌들이 물고기를 잡는 사건(13~14행) 사이의 개연성은 수긍할 수 있지만, 홍수라는 실제 자연현상과 여인들이 나비를 쫓아 집을 떠났다는 풍문(15행) 사이에서 독자가 다시 인과관계를 발견하기란 쉽지 않다.

둘째, 이미지와 이미지를 잇는 매개를 찾기가 쉽지 않다. 독자는 1행의 시적 오브제 "망치"의 상징적 의미를 추론하기 힘들다. 도대체 망치가 왜 계단 아래 놓여 있는 것일까? 이 물음은 독자를 난처하게 만든다. 시인은 이 망치의 정체를 바로 알려주지 않는다. 8행("구부러진 못은 왜 시가 안 되는지")을 읽어야 비로소 망치의 존재 이유를 짐작할 수 있다. 망치와 못 사이를 잇는 해석의 거리가 멀다. 그렇다. 망치는 시를 조각탁마(彫刻琢磨)하는 도구이다. 한 편의 시를 구축하는 데 필요한 시인의 소중한 연장이다. 망치를 이용해 못을 박는 행위는 문자를 활용해 시를 짓는 창작 행위를 의미한다. 그런데 시인은 망치로 못을 제대로 박지 못했다고 고백한다. 자신은 솜씨 좋은 목수가 아니라고 자백한다. 망치질을 잘못했는지 못은 구부러진 채 튕겨나왔기 때문이다. 한때 시인은 '망치를 든 철학자' 니체처럼 기존의 시적 전통을 깨부수고 새로운 미학적 가치를 세우는 '망치를 든 시인'이 되고 싶었으리라. 시의 새 지평을 여는 가열한 실험 정신으로 담금질된 강력한 망치를 자유자재로 사용하길 바랐을 것이다. 하지만 시인은 그 시도가 과도한 욕망이자 부질없는 욕심의 소산이었음을 깨닫는다. 이제 시인에게 시란 구부러진 못이다. 말하자면 시란 패자의 좌절과 상처에서 빚어진다는 결론에 이른 것이다. '시인의 말'에서 밝혔듯이 한때 시인에게 시는 "존재 증명"이었다. 이때는 기성의 벽을 해체하기 위한 강한 망치가 필요했을 터다. 하지만 지금 시인에게는 시가 "무, 길쭉한 공허, 한낮의 바다, 평온 몇 조각"이어도 충분히 가치가 있다. 지금 시인에게 필요한 것은 부재, 허무, 풍경, 일상의 평화를 조탁하는 데 필요한 '겸손한' 망치이다. 이 망치를 어떻게 시적으로 호명

해야 할까? 시인은 모순어법(oxymoron)을 사용해 이런 이름을 붙여주었다. "착한 망치". 시를 대하는 시인의 변화된 관점과 태도가 "착한 망치"라는 이미지에 응축되어 있다.

또한 이미지와 이미지의 간극도 발견된다. 2행에서 구름이 하천의 수면에 잘 반영되었던 이유를 5행의 "청동의 강들"이란 표현에서 확인할 수 있다. 청동처럼 매끄러운 강의 표면은 하늘의 구름을 담는 거울 역할을 했을 것이다. 얼핏 읽으면 시인이 왜 강을 청동에 비유했는지 알 수 없다. 표현 하나에도 시인의 치밀한 의도가 숨어 있다. 이미지의 대비도 눈에 띈다. 천진난만한 동생의 "하얀 이"와 독재자 동상의 어두운 "그림자"의 명암 대비를 통해 어린이의 순수함과 군사독재 시절의 엄혹함이 효과적으로 대치되는 장면도 흥미롭다. 또한 유유자적 흐르는 잔잔한 하천과 범람하는 하천, 추락하는 나비와 비상하는 나비, 한여름의 무더위와 혹독한 겨울의 이미지가 서로 대비되는 것도 예사롭지 않다.

셋째, 묘사와 성찰의 단속적인 교차 반복이 독서의 흐름을 교란한다. 이는 시집 전체에서 발견되는 형식적인 특징이기도 하다. 1행에서 7행까지 한여름 마을 풍경이 묘사되거나 특정 상황이 있는 그대로 서술된다. 화자의 감정이나 주관적인 정조가 자연과 대상에 투시되어 있지 않다. 대상과 일체가 되는 전통적인 서정적 자아의 모습이라기보다는 객관적인 관찰자의 모습에 가깝다. 하지만 8행부터 10행까지 화자는 외부에 대한 묘사와 서술을 멈추고 갑자기 자신에게 질문을 던지기 시작한다.

> 구부러진 못은 왜 시가 안 되는지,
> 나비들은 왜 땅으로 추락하는지,
> 나는 아직 알 수 없었다.

인식의 한계와 죽음에 대한 성찰이 끝나자마자 11행부터 14행까지 홍수와 고기잡이에 관한 서술이 이어진다. 그리고 15행부터 16행까지 마을에 퍼진 이상한 소문과 예견이 서술된다. 이 서술의 흐름은 시간의 의미를 궁구하는 마지막 17행에서 갑자기 끊긴다.

그렇다면 시인을 대변하는 화자가 고민하는 문제는 무엇인가? 그는 시의 존재 이유("구부러진 못은 왜 시가 안되는지")와 자연현상의 근원("나비들은 왜 땅으로 추락하는지")을 캐묻는다. 하지만 별반 소득이 없다. 그가 자각한 것은 유한한 인간이 지닌 인식의 한계다. 화자는 주변에서 일어난 크고 작은 사건에 수수방관한다. 홍수와 고기잡이에도 큰 관심이 없어 보인다. 그해 겨울이 추울 것이라는 마을 사람들의 걱정도 모르쇠로 일관한다. 그는 일상의 삶을 지루하고 단조롭게 느끼고 있는 것으로 보인다. 그는 열정과 욕망으로 꽉 찬 주체가 아닌 것 같다. 그의 유일한 관심사가 하나 있는데, 이를 마지막 17행에서 발견할 수 있다.

나는 내일이 얼마나 긴 하루가 될까 궁금했다.

화자에게 내일은 '더 나은 오늘'이 아니다. 그에게 내일은 '반복된 오늘'일 뿐이다. 오늘이 그에게 무의미하게 긴 하루였던 만큼 내일도 무의미하게 긴 하루가 될 것이라는 생각이 그를 지배한다. 홍수가 난 여름에 정작 그가 깨달은 것은, 변화를 위한 어떤 시도에도 불구하고 인간의 삶은 여전히 습관적으로 반복되는 무의미한 일상에 귀속되어 있다는 사실이다. 오늘 하루의 시간이 굼벵이처럼 느릿느릿 기어갈 것이라는 자의식, 오늘과 똑같이 내일 하루도 지루하고 지리멸렬할 것이라는 자의식을 도대체 무엇이라고 불러야 할까? 이것은 평화도, 한가로움도, 게으름도, 여유도 아니다. 나는 이것을 권태라고 명명하고자 한다.

2. 권태는 인생에서 가장 미약한 불행의 신호

장석주는 자기 삶의 주변에 무수한 나날 동안 켜켜이 쌓여온 권태를 유심히 관찰한다. 그는 권태를 마치 철학자의 질병처럼 미화하거나 과대평가하지 않는다. 일상생활에서 경험할 수 있는 권태의 다양한 양상을 포착해 권태의 본질을 천착한다. 네 가지 측면에서 살펴보자.

첫째, 권태는 시간의 흐름을 멈추게 만든다. 권태를 겪는 자는 시간의 정상적인 흐름으로부터 괴리된다. 권태를 느끼는 자에게 나타나는 주된 증상은 시간을 과도하게 의식하는 것이다. 일에 흥이 오르고 삶에 심취한다면 시간의 흐름을 인식할 틈이 없다. 하지만 권태의 늪에 잠기는 순간 "시작도 끝도 없이 흘러가는 시간들"(「검은 장화」)의 무게에 짓눌리게 된다. 여기서 권태의 주체는 시간을 의식하는 자기 자신을 낯선 타자로 의식한다.

개의 털에 늦은 오후의 햇빛이 자글자글 피처럼 엉겨붙는다. 곧 밤의 식물들이 자라는 시간이 오리라. 평범한 여름이 지나간다. 비둘기떼가 분수처럼 하늘로 솟구치고 노숙자 두엇이 제 그림자를 데리고 사라진다. 지구는 축이 23.5도 기울어진 채 공전하고 태양은 동쪽에서 표류한다. 오늘 저녁은 산 자의 것이다. 누군가는 백수(白壽)가 지루하고 불편해질 것이다.

—「물위에 쓴 이름을 지우다」 부분

지구는 공전한다. 시간이 계속 흘러간다는 증거이다. 그러나 시인이 볼 때, 노숙자에게 시계는 기절한 것으로 보인다. 작열하는 햇빛에 개의 털이 "피처럼 엉겨붙는다"는 묘사에 마치 오뉴월 엿가락처럼 축 늘어진 무기력한 시간의 모습이 겹친다. 적은 양의 액체나 기름이 걸쭉하게 잦아들면서 끓는 소리를 표현한 의성어 "자글자글"은 무의미한 시간이 일상을 어떻게 잠식해들어가는지를 소리로 환기한다. 권태로운 여름의 한복판에서 시인은 태양이 방향을 잃고 표류한다고 상상한다. 시간이 완전히 정지한 것이다. 물론 오후의 태양은 지고 저녁의 시간이 찾아올 터이지만, 시인에게 저녁의 시간은 오후의 시간과 동일하게 무의미하다. 지구는 공전하지만 무의미한 공회전일 뿐이다. 시간은 노숙자들의 삶에 어떠한 변화도 견인하지 못하기 때문이다. 그래서 시인은 삶의 의미로 충만하지 않은 지루한 장수("백수")는 축복이 아니라 불행이라는 결론에 이른다. 노숙자에게 권태는 특정한 장소나 시간에 잠복해 있다가 불시에 출현하지 않는다. 때와 장소를 막론하고 공기처럼 그의 주위에 맴돌며 하품 한 번으로도 세상을 집어삼킨다. 이렇게 보면 노숙자에게 달라붙은 "제 그림자"의 정체는 권태라는 집요한 괴물일지 모른다.

둘째, 권태가 발아되는 배지(培地)는 단조로운 공간이다. 예컨대 남극 기지로 파견된 통신원은 너무 오랫동안 좁은 공간에만 머물러 있으면서 권태를 느낄 것이다.

> 남극 펭귄통신원의 하루가 저문다.
> 그의 손톱과 머리카락이 미세하게 자라고
> 감정의 기복은 거의 없었다.
> 커피맛이 어제와 다르지 않았다고
> 오늘도 무사했다고

빙벽 너머로 해가 뉘엿뉘엿 지는 걸 바라보며
펭귄통신원은 혼자 중얼거렸을 뿐이다.

—「펭귄통신원의 평범한 하루」 부분

눈 덮인 광활한 남극의 설원은 통신원에게 변함없는 무한함의 연속으로 다가온다. 지리멸렬한 일상과 늘 똑같은 풍경 속에서 마시는 커피의 맛이 어제와 동일하다고 느끼는 이유는 권태의 감정과 무관하지 않아 보인다. 이와 같은 '상황적 권태'*는 자신의 신변이 안전하게 보호받는다는 작은 위안으로 어느 정도 보상받을 수 있다. 상황적 권태는 비교적 잘 견딜 수 있는 가벼운 권태이다. 한편 빙벽 너머로 해가 지는 것을 바라보는 통신원의 시선은 '남극의 응시'**를 떠올리게 한다. 협소한 남극 기지에서 드넓은 밖을 넋 놓고 멍하니 바라보는 것을 뜻하는 '남극의 응시'는 전형적인 권태의 소산이다. 여기서 흥미로운 점은, 음울한 설국의 무한함 속에 갇힌 고독한 통신원이 느끼는 상황적 권태에는 끝이 있다는 것이다. 남극 기지에서 집으로 귀환하면 그는 권태로운 삶에서 벗어날 수 있기 때문이다.

셋째, 권태는 강도가 약한 혐오감이나 환멸감으로 전이된

* 피터 투이, 『권태』, 이은경 옮김, 미다스북스, 2011, 22쪽.
** 줄리언 생크턴, 『미쳐버린 배』, 최지수 옮김, 글항아리, 2022, 445쪽.

다. 피터 투이는 권태를 "일시적으로 피할 수 없고 식상한 환경에서 생겨나는 경미한 혐오감"*으로 정의한다. 투이의 입장과 비슷하게 시인은 "권태는 인생에서 가장 미약한 불행의 신호!"(「엄마, 왜 이렇게 작아지셨어요?」)라고 말한다. 예컨대 바흐의 무반주 첼로 모음곡 1번이 좋다. 그래서 매일 저녁 듣는다. 음악을 듣는 시간이 행복하다. 하지만 점차 별다른 감흥이 없어진다. 참신함이 사라진다. 음악을 듣는 시간이 무료해진다. 권태라는 괴물이 스멀스멀 고개를 내밀기 시작한 것이다. 점점 짜증과 싫증도 난다. 다음 소절에서 어떤 음악이 흘러나올지 익히 아는 '예측성'과 지속적으로 되풀이해 듣는 '반복성'에 의해 권태의 감정이 자기 환멸적 혐오감과 연대하는 순간이다.

> 옥수수 껍질을 벗기는 동안
> 가을 저녁이 새와 고양이와 식물 들을 데리고 온다.
> 먼 곳에서 날뛰는 바다,
> 어쩌면 바다는 잠잠했을지도 모른다.
>
> 기후가 혼돈을 낳고 날씨는 농담을 낳는다.
>
> (……)

* 피터 투이, 같은 책, 62쪽.

내 고독엔 손가락 하나도 대지 마라.
고독이 고독을 위해 차린 소찬을 먹게 하라.

더는 누군가를 사랑할 일이 없겠구나.
나는 세포 단위로 날씨를 견디겠구나.

—「날씨와 기후」 부분

바쁜 일상을 살아가는 자에게 날씨와 기후는 큰 관심사가 아니다. 그에게 기상 상태는 자신의 일상을 둘러싼 환경일 뿐이다. 하지만 권태로운 자는 날씨와 기후에 민감하다. 그는 그날그날 날씨와 독대하며 상상의 유희를 전개한다. "날씨는 농담을 낳는다"는 시구가 잘 보여주듯이, 날씨는 무료함을 견디기 위해 그가 친구처럼 소통하는 유일한 대화 파트너이다. "나는 세포 단위로 날씨를 견디겠구나"라는 시구에서 드러나듯이, 그는 지금 무척이나 권태롭다. 그는 사랑의 실패를 반복적으로 경험한 것으로 보인다. 그에게 사랑은 더이상 생의 욕망을 추동하는 참신한 자극이 아니다. 그는 사랑을 환멸한다. 그래서 한탄한다. "더는 누군가를 사랑할 일이 없겠구나." 생의 권태가 자기혐오와 만나는 대목이다. 그에게 외로움은 일시적인 감정 상태가 아니다. 어제도 고독했고 오늘도 고독하며 내일도 고독할 것이다. 이처럼 부정적 경험이 과잉 반복될 때 권태의 강도는 높아지고 고독에서 탈출할 가능성은 희박해진다. 그래서 다시 객기를 부린다. "내 고독엔 손가락 하나도 대지 마라." 생의 권태가 자기 환멸과 만나는 장면이다.

넷째, 권태는 예상치 못한 상황 속에서 엄습하는 괴물이다. 지금까지 별다른 위기나 문제 없이 살아온 평범한 삶 속에서 갑작스럽게 권태를 느끼는 경우가 있다. 자신이 추구하는 생의 가치에 균열을 내고 존재의 의미 자체를 뿌리째 뒤흔드는 이 권태에 빠지면, 좀처럼 극복하기 힘든 깊은 공허감과 소외감을 느낄 뿐만 아니라, 자신이 처한 작금의 상황에 전혀 애정을 느끼지 못한다. 여기 흡혈귀의 기습으로 인해 불행의 나락으로 추락한 '나'를 보라.

내 인생을 망친 건
여름도, 빵도, 불행도 아니다.

내 목덜미에 구멍을 내고
진액을 빨아대는 그 무엇,
그것이 나를 덮쳤을 때
불행이 활짝 피어났다.

그러자 태평성대가 화사한 날개를 펼쳤다.
나는 속수무책이었다.

—「내 인생을 망친 건」 부분

'나'는 일순간 방향감각을 상실한 채 공황 상태에 빠져 허우적거리지만, 세상은 너무나 평온하게 흘러간다. '나'는 "속수무책"의 불행과 "태평성대"의 평온 사이에서 극단적인 분열을 경험한다. 여기서 '나'를 공격한 "그것"의 실체는 권태라는 괴물이다. 이른바 '실존적 권태'(피터 투이)라는 이 폭군은 '나'의 몸과 마음을 장악한 후, 생의 "진액"을 빨아먹는 뱀파이어다. 가장 무섭고 파괴적인 권태의 변종이다.

3. 시집은 권태와 고독으로 살찐다

'실존적 권태'는 양면적이다. 실존적 권태는 영혼을 갉아먹지만, 동시에 자아 성찰의 기회를 제공하기 때문이다. 권태에 나포된 사람은 자신에게서, 자신의 주변 사람들에게서, 그리고 자신을 둘러싼 세상에서 한순간 떨어져나간다. 하지만 이 소외의 충격이 자기 자신과 세상을 다른 시각으로 바라보고, 남들이 보지 못한 세부적인 부분을 살피고, 익숙했던 기성의 가치에 의문을 제기하게 하는 희귀한 기회를 제공한다. 시인이 쓴 것처럼 "길을 잃었을 때만 우리는 우리 자신을 돌아본다"(「귀순」). 『꿈속에서 우는 사람』에서 시인은 권태의 희생자이자 수혜자로 등장한다. 그는 권태의 세 가지 특권을 누린다.

첫째, 권태에 빠진 자는 침묵하는 세계의 언어를 경청한다. 권태에 포박된 사람 앞에 세상은 입을 앙다물고 침묵하는 것으로 다가온다. 그런데 권태가 조성한 이 절대 고독 속에서 침묵하는 세계의 밀어를 경청할 수 있게 된다. 말하자면 권태로운 상태가 화려한 문명의 소란스러움과 분답한 일상의 소음 때문에 들을 수 없었던 것에 귀기울일 기회를 제공한다. 「세계의 침묵을 경청할 때」는 권태의 비생산성이 생산적으로 전환되는 역설의 순간을 흥미롭게 보여준다.

> 말들은 무럭무럭 자란다. 세상의 거친 땅을 헤집고 자라나는 것들은 우리의 공훈이고 자랑거리다. 작은 나무는 작은 침묵을 머금고 큰 세계는 큰 침묵을 기른다. 당신은 긴 침묵과 짧은 침묵의 내부에서 흘러나오는 말들을 경청하고 숙고했을 테다. 공중을 휘젓는 바람소리거나 하늘의 소리거나 하염없이 귀를 기울였다. 당신이 세계를 경청했듯이 세계도 당신의 말에 집중했을 테다.
>
> —「세계의 침묵을 경청할 때」 부분

무럭무럭 성장하는 "말"을 시의 동의어로 본다면, 인용한 시는 장석주가 새롭게 '시로 쓴 시학'으로 읽힌다. 시는 구상과 기획의 건축물 그 이상의 어떤 것이다. 시는 만들어지기도 하지만 탄생하기도 한다. 시는 대지에 파종된 언어의 씨앗에서 싹이 움트고 성장한 나무와 같다. 요컨대 시는 언어라는 벽돌로 정교하게 구축된 성채라기보다는 살아 숨쉬는 유기적인 생명체와 같은 것이다. 그런데 문제는 이 나무가 전언을 함구하고 있다는 사실이다. 이때 시인은 나무가 품은 침묵하는 마법의 말을 경청하는 자이다. 침묵하는 나무가 밖으로 은밀히 타전하는 말과 교감하는 "당신"의 모습은 전형적인 낭만주의 시인의 아비투스와 유사하다. 독일 낭만주의 시인 아이헨도르프는 「마술지팡이」에서 이렇게 노래한다. "만물에는 노래가 잠들어 있고/ 그것들 계속 꿈꾼다./ 네가 마술의 말 맞히기만 한다면/ 세상은 노래하기 시작한다."* 그렇다. 세계의 언어에 경청하는 "당신"과 당신의 말에 집중하는 "세계"의 교신 코드가 일치할 때 한 편의 시가 태어난다. 망치만이 시의 도구는 아니다.

둘째, 권태는 '먼 곳'에 대한 동경을 낳는다. '여기'에 대한 무료함은 '저기'를 향한 그리움으로 전환된다. 한 시인의 영혼을 투시하기 위해서는 그의 시 속에 가장 빈번히 나타나는 단어를 찾는 것이 중요하다고 본다면, 시집에 총 열다섯 번 등장하는 "먼 곳"이란 시어를 간과하기 어렵다. "먼 곳에서 보낸 소식"(「하얀 방」)인 날씨, "가장 늦게 먼 곳에서"(「파주」) 도착하는 빛, "먼 곳까지 걸어"(「여름의 끝 1」)가는 여행자들, "먼 곳에서 산다"(「게르와 급류」)는 당신에 대한 그

---

* 요제프 폰 아이헨도르프, 「마술지팡이」, 『독일 낭만주의시』, 송동준 옮김, 탐구당, 1980, 186쪽.

리움의 근간에는 모두 동경의 정서가 스며 있다.

호밀빵의 주원료는 강물과 햇살이다.
음악은
바흐보다는 브람스가 좋았을 것이다.

한낮엔 불꽃이 쏟아진다.
바위의 이마팍이 깨지도록 매미가 울고,
브라스밴드 연주가 울리는 광장,
소년의 여름방학은 끝난다.

빗방울이 파초 잎을 두드리면
실로폰소리가 난다.
벵갈호랑이를 키우고 싶다던 친구는
생물 교사였던 아버지를 따라
아르헨티나로 이민을 떠났다.

소년은 아침마다 호밀빵을 먹고
밤엔 등불 아래 엎드려서
아이헨도르프 시집을 읽었다.

—「노스탤지어」 전문

무료했던 여름방학의 끝을 맞이한 "소년"은 시인의 분신으로 읽힌다. 소년의 호밀빵에 대한 사색은 자못 철학적이다. 호밀빵은 호밀 가루에 효모를 넣고 소량의 물에 반죽하여 구워낸 빵이다. 그런데 소년은 호밀빵의 재료를 단순히 호밀 가루와 계량컵에 담긴 물로 보지 않는다. 소년은 기원의 기원을 추적한다. 볏과에 속하는 곡류인 호밀이 5월과 6월에 원기둥 모양의 꽃이삭이 달리고 7월에 열매를 맺어 익어가는 과정에서 필요한 에너지인 "강물"과 "햇살"을 호밀빵의 주원료로 인식한다. 여기서 흥미로운 지점은, 사물의 시원을 캐묻는 소년의 태도는 낭만주의 특유의 먼 곳에 대한 동경과 일맥상통한다는 것이다. 낭만주의적 감수성은 소년의 음악적 취향에도 반영된다. 소년은 화려하고 기교적인 바흐의 바로크음악보다는 감성적이고 우수적인 브람스의 낭만주의음악에 더 큰 매력을 느낀다. 작열하는 태양도, 한여름 시끄러운 매미 울음도, 광장에서 울리는 브라스밴드의 연주도 소년의 관심사가 되지 못한다. 짐작건대 소년은 지금 권태롭다. 지루하게 흘러가는 시간 앞에서 속절없다. 이때 갑자기 소나기가 내리기 시작한다. 권태의 국면에 작은 균열이 나면서 새로운 지평이 열리는 순간이다. 소년은 이제 세계에 잠복하고 있던 비밀스러운 언어를 엿듣기 시작한다("빗방울이 파초 잎을 두드리면/ 실로폰소리가 난다"). 그리고 여기를 떠나 먼 곳("아르헨티나")으로 이민 간 친구를 떠올린다. "벵갈호랑이를 키우고 싶다던 친구"의 소망은 다분히 낭만적이고 또 동화적이다. 그러나 소년은 친구처럼 지금 이곳을 벗어날 수 없다. 이 현실을 직시할수록 소년의 내면에서 일렁이는 먼 곳을 향한 동경의 강도는 강해진다. 소년은 배가 고파서만 호밀빵을 먹는 것이 아니다. 거칠고 시큼한 호밀빵은 소년에게 세계의 시원에 대한 향수를 촉발하는 매개이다. 그래서 소년은 아침마다 호밀빵을 먹는다. 그리고 저녁에는 독일 낭만주의 시인 아이헨도르프의 시집을 읽는다. 소년은 아마도 이 시구에 밑줄을 그었을 것이다.

> 별들은 그토록 금빛으로 빛났다
> 나는 외로이 창가에 서서
> 고요한 나라 멀리서 들려오는
> 역마차의 나팔소리 들었지
>
> —아이헨도르프, 「동경」 부분*

시집을 읽는 내내 소년은 자신을 싣고 먼 곳으로 달려가는 역마차를 상상했을 것이다. 이처럼 소년의 마음속에는 동경의 깃발이 꽂혀 있다. 이 깃발은 먼 곳에 대한 그리움으로 펄럭인다. 기지의 것에 미지의 위풍을, 유한한 것에 무한한 의미를 부여함으로써 세계를 낭만화하고 싶은 소년의 의지가 먼 곳에 대한 그리움을 발진시킨다. 이 노스탤지어에서

* 앞의 책, 194쪽.

낭만주의의 이상이 발원된다. 소년에게 동경이란 이성의 빛으로 포착할 수 없는 미지의 세계로 가고자 하는 희망 없는 열망이다. 소년의 동경이 낯선 곳으로 떠나는 여행객의 설렘과 기쁨으로 들떠 있지 않은 까닭이다.

셋째, 권태는 삶의 동반자가 될 수 있다. 시인은 굳이 권태를 극복하기 위해 애면글면하기보다는 권태와 더불어 사는 길을 선택한다. 특히 반려묘에 대한 시인의 사랑이 눈에 띈다. 가르릉 소리를 내며 멈칫멈칫 천천히 걷는 거동과 잠을 많이 자는 습성을 지닌 고양이만큼 권태를 온몸으로 구현하는 동물도 없을 것이다. 그래서일까, 시인은 고양이를 "침묵과 침묵의 사잇길로만 사뿐사뿐"(「세계의 침묵을 경청할 때」) 다니는 권태의 사도로 인식한다. 또한 시인은 고양이의 모습에서 감지되는 불가해한 삶의 공허를 '도넛 구멍'에 비유하기도 한다. "고양이는 도넛 구멍이야. 그건 우연히 떠오른 이미지. 도넛 구멍에는 아무것도 없었지. 그저 텅 빈 구멍이었을 뿐 무슨 의미는 없지."(「당신과 고양이」)

또한 시인은 권태와 동행한다. 말하자면 권태의 느린 리듬에 보조를 맞춰 천천히 걷는다. 시인은 발이 움직여야 머리가 움직인다고 믿었던 고대 그리스 소요학파의 일원이 된다. 시인이 고백했듯이 권태주의자에게 산책은 "신흥 종교"(「귀순」)와 다름없다. 시편들에서 '산책' 모티브가 자주 발견되는 소이연이다.

당신은 녹색 식물, 당신은 침묵의 원뿔 속에 웅크린다. 당신 안에는 폐와 심장, 불투명한 의혹 들이 공존한다. 당신은 여러 의혹을 안고 걷는 사람…… 물은 흐르고 당신은 걷는다. 당신 안에서 둥근 고요가 자라나는 건 꽃 필 징조다. 당신은 언제나 자기 밖으로 나와 당신의 안을 향해서 한없이 걷는다.

당신의 출구는 당신이었어. 당신 안에는 새장과 감옥이 있고. 침묵이란 새와 집착이란 죄수가 산다. 당신 안에서 혼자 사는 당신은 며칠씩 입을 다문다. 당신이 개울물소리를 읽고, 모란과 작약이 꽃망울을 키우는 기척에 귀를 기울이기 때문이다.

(……)

당신은 당신 안에서 걷는 사람이다. 걷기는 존재의 파닥거림, 당신은 날개를 파닥거린다. 밤에 식물처럼 말없이 걷는 건 당신이 당신 밖에서 자유를 얻는 몸짓. 걷기는 오, 경이로운 슬픔 속에서 슬픔 밖으로 나가는 일. 대지 위로 미끄러지는 저 하염없는 걸음을 보라.

걷기는 동물의 기예, 춤과 신명의 시작.

—「밤에 식물처럼 자라는 당신과 걷기」 부분

“당신”의 정체는 부동의 “녹색 식물”이다. 그런데 시인은 당신을 “걷는 사람”으로 상상한다. 흥미로운 시적 발상이다. 식물인 당신은 움직일 수 없다. 그래서 당신은 자기 밖으로 나와 자기 안으로 되돌아가는 지속적인 순환의 길을 걷는다. 당신에게 입구와 출구는 뫼비우스의 띠처럼 연결된 셈이다. 그렇다면 당신은 왜 당신 안에서 걷는가? 고요와 침묵 속에 웅크리고 있는 당신은 권태로웠다. 유폐된 공간이 감옥처럼 갑갑했다. 고독하고 외로웠다. 유일한 위안은 “모란”과 “작약” 같은 주변 식물들의 이야기를 듣는 일뿐이었다. 당신은 이 상황에서 벗어나 자유를 얻고 싶다. 슬픔의 진앙에서 벗어나 슬픔 밖으로 나가고 싶다. 그래서 당신은 걷는다. 요컨대 걷기란 존재의 의미를 찾아가는 순례이다. 걷기란 식물의 부동성에서 탈출해 동물의 유동성을 얻는 기적의 사태이다. 시인은 이 전환점을 “춤과 신명의 시작”이라고 표현한다. 식물이 성장해 꽃을 피우는 과정을 ‘걷기’ 모티브에 비유한 시인의 상상력이 일품이다.

그렇다면 ‘걷기’는 무엇을 의미하는가? 걷기란 글쓰기의 알레고리이다. 보행의 발걸음은 시작(詩作)의 리듬을 상징한다. 1956년 어느 겨울날 눈길을 걷다가 사망한 열광적인 산책가였던 작가 로베르트 발저는 산문 「산책」에서 걷기와 글쓰기의 연관성을 이렇게 피력한다.

산책은 말입니다. (……) 활기를 찾고, 살아 있는 세상과 관계를 정립하기 위해 반드시 해야 하는 일입니다. 세상에 대한 느낌이 없으면 나는 한 마디도 쓸 수가 없고, 아주 작은 시도, 운문이든 산문이든 창작할 수가 없습니다. 산책을 못 하면 나는 죽은 것이고, 무척 사랑하는 내 직업도 사라집니다. 산책하는 일과 글로 남길 만한 걸 수집하는 일을 하지 않으면 나는 더 이상 아무것도 기록할 수 없고, 긴 노벨레는 물론이고 아주 짧은 글마저도 쓸 수 없습니다. 산책이 없다면 나는 그 무엇을 인지할 수도, 스케치할 수도 없습니다.

—로베르트 발저, 「산책」 부분*

발저에게 산책이 존재의 의미를 찾는 과정이자 사색의 통로이며 글쓰기의 동반자였듯이, 시인에게도 산책은 "존재의 파닥거림"이자 "슬픔 밖으로 나가는" 통로이며 "자유를 얻는 몸짓"이다. 산책은 권태 속에서 권태를 향유하며 권태를 망각하는 유일한 소로다. 이번 시집에서 시인이 붙잡은 화두를 두 문장으로 요약해보면 이렇다. 나는 걷는다, 고로 존재한다. 나는 걷는다, 고로 쓴다.

* 『산책』, 박광자 옮김, 민음사, 2018, 45쪽.

4. 우울을 찍어내는 인쇄공장

우울(멜랑콜리)은 권태와 증세가 유사하다. 좀처럼 변하지 않는 상황에 직면해 활력을 잃고 원인을 알 수 없는 슬픔과 무기력한 상실감에 빠질 때 우울이 불청객처럼 방문한다. 그래서 우울에 빠진 사람은 "쓸개즙 같은 검은 고독"(「밤의 별채 같은 고독」) 속에서 삶의 목적을 잃고 표류한다.* 여기서 문제는, 우울한 사람은 자신이 지금 왜 우울한지 알기 어렵다는 사실이다. 멜랑콜리커(Melancholiker)는 이유 없이 슬프다. 그를 침울하게 만드는 원인이 무의식의 심연에 잠복해 있기 때문이다. 이렇게 보면, 권태와 우울의 가시적인 모습은 흡사하다. 시집 안에서 권태와 우울은 자주 동거한다. 그래서 권태와 우울의 경계는 불투명하게 나타난다. 「동물원 초」가 비근한 실례다.

우울한 계절이 지나는 동안
빵을 반죽하는 일과 달리기를 멈추지 말자.
편지와 입맞춤도 기다리지 말고
풀밭에 떨어진 별도 줍지 말자.

---

* 우울은 검은색으로 종종 표현된다. 액체병리학에서 우울증을 '검은(melas)' '담즙(chole)'이 과도하게 분비되는 질병의 상태로 규정하는 데서 비롯된 색채 연상일 것이다.

우리는 최악과 최선 사이에서 방황했지.
음악과 연애에 대해 배우지 못하고
가끔 도서관과 극장 근처나 서성거렸지.

—「동물원 초」 부분

화자는 특정한 이유 없이 권태롭다고 느낀다. 제빵 취미와 운동으로 극복해보려 한다. 연애와 사랑에도 별다른 흥미가 없다. 삶의 희망("풀밭에 떨어진 별")을 찾는 일도 포기한 것 같다. 조증("최선")과 울증("최악")의 양극을 진자처럼 오가면서 의기소침해졌다. 도시와 거리를 빈둥빈둥 배회할 뿐이다. 여기서 권태로운 시적 자아를 둘러싼 상황이나 분위기, 즉 외부 자연환경 전체가 암연(黯然)하고 우울한 것으로 지각된다. 권태로워서 우울하다고 느끼는지, 우울한 날씨로 인해 삶이 권태롭다고 느끼는지, 아니면 권태와 우울을 동시에 겪는 것인지 분간하기 어렵다. 하지만 분명한 것은 권태와 우울이 두 얼굴을 가진 야누스라는 사실이다.

『꿈속에서 우는 사람』을 지배하는 주된 '기분'인 우울은 세 가지 양상과 특징을 지닌다. 첫째, 우울은 가을, 혹은 가을에서 겨울로 넘어가는 환절기에 느끼는 주된 감정이다.

계절이 바뀔 무렵엔 뭔가를 상실한 기분이 되지요. 그렇다고 우울증 약 따위는 복용하지 않아요.

—「생각」 부분

너는 목성과 토성*의 내면으로 침잠한다. 간청하거나 기도로 구할 게 없으면 높은 곳에서 덧없이 시들어 떨어지는 손들. 여기저기 추락을 흘리고 서 있는 나무들.

—「식물의 자세」 부분

계절과 계절 사이에 증식하는 멜랑콜리와 악천후가 시작되는 곳.

—「건널목」 부분

주식시장과 가상화폐를 화제에 올리지 말고
가을의 멜랑콜리와 파주 날씨를 이야기하자.

---

* 토성은 우울의 행성이다. 고대의 천문학자들은 인간의 우울한 기질을 토성과 결부시키는 점성술적 상상력을 펼쳤다. 태양에서 가장 멀리 떨어진 외곽을 돌고 있는 토성의 차갑고 건조한 속성과 멜랑콜리의 어원인 '검은 쓸개즙'을 연관 지었다. 이들은 특히 토성의 운을 안고 태어난 아이는 느리고 비활동적이어서 골똘한 사색에 잠기기 쉽고, 그래서 다른 사람보다 우울한 예술가로 성장할 확률이 높다고 믿었다. 발터 벤야민은 에세이 「아게실라오스 산탄데르」(1933)에서 자신이 선천적으로 우울한 기질을 지니고 태어났다고 고백한다. "나는 토성의 영향 아래, 가장 느리게 공전하는 천체이자 우회와 지체의 행성 아래 태어났다."(Walter Benjamin, "Agesilaus Santander", *Gesammelte Schriften IV-1: Kleine Prosa, Baudelaire-Übertragungen*, eds. Tillman Rexroth, Suhrkamp, 1991, p. 522.)

—「올해 가을은 정말 바빴지」 부분

임진강 너머에서 기러기떼가 V자를 이뤄서 날아올 때
우리의 피는 침울해진다.

—「강과 나무와 별이 있는 풍경」 부분

일반적으로 '시학의 사계'에서 가을은 두 가지 서로 다른 상징성을 갖는다. 우선 가을이 수확의 계절임을 고려할 때, 가을은 성숙함, 충만함, 풍요로움, 기쁨, 안식, 겸허 등을 상징한다. 하지만 가을은 결실의 시간인 동시에 조락(凋落)의 시간이기도 하다. 색 바랜 나뭇잎, 추락하는 열매, 서늘한 안개에 뒤덮인 저녁 하늘, 겨울 철새인 기러기의 비행, 이른 아침 된서리를 맞은 벌판 등은 가을이 겨울로 가는 문턱임을 타전하는 자연의 신호들이다. 즉 가을은 성장의 종착점이자 몰락의 출발점이다. 완성과 죽음이 맞닿아 있는 자연의 시간대인 셈이다. 장석주의 시에서 가을이 대부분 우울한 풍경으로 묘사되고, 특히 늦가을에서 초겨울로 넘어가는 환절기에 우울의 정조가 최고조에 이르는 이유는 여기에 있다.

둘째, 우울은 바니타스(Vanitas)의 주된 표정이다. 장석주의 시에서 시간은 덧없음을 깨닫게 하고, 이 덧없음은 멜랑콜리의 정조를 낳는다. 모든 존재는 몰락의 운명과 죽음이라는 미래에 예속되어 있고, 무자비한 시간의 흐름 속에서 만물은 부식하고 부패하며, 인간은 무기력한 우울에 빠진다는 것이다. 이런 시인의 생각이 「물위에 쓴 이름을 지우다」에 잘 나타난다.

살아 있음은 부재에 대한 알리바이를 만든다. 알리바이가 없는 실존은 불가능하다. '살기 위하여'와 '죽기 위하여'는 한뜻이다. 가을의 마가목에서 잎이 진다. 지는 것이 저 활엽수의 잎뿐이랴. 시간과 그림자들도 왔다가 간다. 당신이 김밥을 먹거나 핏물이 섞인 고깃덩어리를 씹을 때 쇠는 녹슬고 부식한다. 이별은 허기에서 겪는 창백한 환각이다. 건너편 창가에 하얀 얼굴이 잠깐 나타났다 사라진다. 나는 한낮에 무릎을 꿇고 운 적이 있다. 나는 강물에 당신의 이름을 쓰지 못한다. 산 자가 겪는 이별은 작은 죽음이다. 솟은 것은 낮아지고 상승하는 모든 것에겐 추락이 닥친다.

—「물위에 쓴 이름을 지우다」 부분

화자는 왜 살기 위한 '존재의 이유'와 죽기 위한 '소멸의 이유'를 동일시하고 있을까? '나'는 왜 낙엽 지는 가을에 몰락의 풍경을 떠올릴까? '나'는 왜 대낮에 울고 있을까? '나'의 슬픔은 어디서 비롯된 것일까? 짐작건대 '나'는 사랑하는 사람("하얀 얼굴")과의 결별을 경험했다. 그러나 '나'는 애도를 통해 사랑하는 사람에게 투여했던 리비도를 거두어들이지 못했다. 슬픔을 슬픔으로 치유하는, 말하자면 상실을 긍정하는 애도 작업에 실패한 것이다. 그래서 '나'에게 이별은 새로운 출발점이 되지 못한다. '나'에게 이별의 상처는 여전히 "창백한 환각"이자 "작은 죽음"과 같다. 프로이트가 분석한 우울증 환자의 증세와 닮았다. 한용운의 어법을 빌리자면, '나'에게서 임은 떠났지만, '나'는 아직 임을 보내지 못했다. 흘러가는 강물에 임의 이름을 써서 임을 곱게 떠나보내는 애도의 제의를 아직 치르지 못한 것이다("나는 강물에 당신의 이름을 쓰지 못한다"). 이런 '나'에게 세상은 무상하고 삶은 덧없을 것이다.

셋째, 우울은 감각을 통해 인지된다. 장석주는 사랑과 이별, 절망과 상실을 겪는 사람이라면 누구나 느낄 수 있는 보편적 감정으로서의 멜랑콜리를 노래한다. 그는 멜랑콜리를 천재성의 징후로 숭배하거나 사변적인 예술가의 특권으로 미화하지 않는다. 그에게 멜랑콜리는 오관(五官)을 통해 감각되고 표상되는 감정이자 기분이다.

눈(雪)과 봄, 소금과 후추, 양초 여섯 개를 위해 마련한 계절을 전송하면서 산다. 야만의 계절이 가고 한해살이 식물들은 닳은 무릎을 꺾는다. 비누가 닳는 일은 끔찍하다. 비누가 닳지 않는 날은 더 큰 재앙이다. 차라리 태양이 광기와 대의명분으로 극렬하던 시절을 그리워한다. 뉴질랜드산 마누카 꿀이 바닥났을 때 낙담이 채권자처럼 몰려왔다. 낙담의 빛깔이 다 똑같을 수는 없다. 천지가 바스러지는 소리로 소란스러우면 기분은 방치되는 법이다. 셰익스피어 사백 주기, 쓸모를 잃은 열쇠들, 녹색 채소, 일요일 저녁들, 기쁨 없이 견딜 날들이 더 많아진다.

더이상 젊지 않다고 느끼는 순간 피의 고도는 낮아진다. 빈 복도에는 한기가 들어차고 광장의 천막들은 자취를 감춘다. 정오마다 광장에서 연주하던 브라스밴드는 벌써 철수했구나. 카페를 지나 모퉁이를 돌아오는 길 가장자리에 가랑잎이 쌓인다. 저 녹색의 시체들을 누가 한데 모았을까? 파주의 차고 시린 하늘엔 쇠기러기들이 V자로 대오를 이룬 채 떠간다. 두어 마리는 대오에서 이탈한다. 아마도 날개 근육이 발달하지 못한 새끼 쇠기러기일 테다.

말똥냄새가 풍기는 늦가을 저녁 그늘 속에 가만히 엎드리면 쓸쓸한 기분들이 서성이다가 사라진다. 구석의 흰 그늘이 빛날 때 황혼은 마치 잘 구운 빵 같다. 어린 동생은 빵을 달라고 떼쓰지 않는다. 제 방식으로 환절기를 잘 견디는 동생이 대견하다. 지루한 낮엔 크루아상을 베어먹거나 해바라기 씨를 까먹었다. 입동 저녁에 우리 형제는 키 작은 어머니가 끓인 배춧국을 먹을 것이다. 여긴 응달이야. 누구도 아프지 않으면 좋겠어. 동지 무렵 장롱에서 좋아하는 겨울 스웨터를 꺼내 입는다. 스웨터에선 나프탈렌냄새가 짙게 날 것이다.

—「멜랑콜리」 전문

먼저 계절을 이야기하자. '태양의 광기'가 절정에 이르렀던 "야만의 계절" 여름이 가고 가을이 왔다. "한기"가 느껴질 정도로 가을이 제법 깊어졌다. "쇠기러기들"이 비행을 시작하는 "늦가을"이다. 겨울의 시작을 알리는 "입동"이다. 멜랑콜리가 발아하는 최적의 시간대인 가을, 혹은 가을에서 겨울로 이행되는 "환절기"가 인용한 시의 배경이다.

조락의 풍경을 이야기하자. 봄에 싹이 나서 여름에 자라고 꽃을 피우고 열매를 맺었던 "한해살이 식물"은 겨울이 오기 전에 시들어 쓰러졌다. 인파로 북적이던 광장은 텅 비었다. 길가에는 추락한 낙엽들, 비유하자면 "녹색의 시체들"이 즐비하다. 대오에서 벗어난 어린 쇠기러기는 어쩌면 지상으로 곤두박질칠지 모른다. 멜랑콜리커의 눈에 비친 암울한 풍경이다.

시적 자아의 주변에 놓인 사물들을 이야기하자. 호 불면 타오르던 불꽃이 덧없이 꺼지는 "양초", 오래 사용해 마모된 "비누" 조각, "꿀"이 바닥을 보이는 유리병, 용처를 알 수 없는 낡은 "열쇠" 등은 모두 소멸과 죽음을 환기하는 멜랑콜리의 오브제들이다.

시적 자아의 감정과 기분을 이야기하자. 그는 오래 사용한 비누를 보고 진저리친다("끔찍하다"). 꿀병을 보고 실망한다("낙담"). 세상이 몰락할 것 같아 마음을 다잡지 못하고 내팽개친다("천지가 바스러지는 소리로 소란스러우면 기분은 방치되는 법"). 일상이 지루하고 권태롭다("기쁨 없이 견딜 날들이 더 많아진다"). 나이가 들었다는 자각에 무기력해진다("피의 고도는 낮아진다"). 이유 없이 외롭고 으스스하며 적적하다("쓸쓸한 기분"). 모두 멜랑콜리에서 파생된 다양한 감정들이다.

시적 자아가 멜랑콜리를 어떻게 느끼는지 이야기하자. 비누, 낙엽, 꿀 병, 열쇠, 기러기 등을 눈으로 확인하니 우울한 기분이 든다(시각). 세상이 무너지는 "소란스러"운 소리를 통해서 우울을 감지한다(청각). 초겨울 차가운 공기를 피부로 느낀다(촉각). 오래전에 먹었던 "크루아상"과 "해바라기 씨"의 맛은 행복했던 어린 시절로 되돌아갈 수 없다는 데서 기인한 슬픔을 환기한다(미각). 동글동글하고 푸석푸석한 "말똥"에서 풍기는 흙냄새와 장롱에 있던 스웨터에서 나는 짙은 "나프탈렌냄새"는 지나간 시간에 대한 상실감을 느끼게 만든다(후각).* 이처럼 시적 자아는 오감을 통해 멜랑콜리를 온몸으로 느낀다.

끝으로 시인을 체현하는 시적 자아가 왜 우울한지 이야기

---

* 후각만큼 과거의 한 장면을 생생하게 기억하게 만드는 감각도 없을 것이다. "어느 해 헬싱키행 기내에서 먹은/ 음식 냄새가 나는/ 새 계절엔 멜랑콜리가 기습한다."(「여름의 끝 2」)

하자. 일반적으로 슬픔에는 원인이 있다. 하지만 멜랑콜리는 이유 없이 슬프고 암울한 감정이다. 시인이 왜 우울한지 알 길이 묘연하다. 문학의 시성(詩聖)으로 추앙되는 "셰익스피어"도 결국에 죽었고, 그로부터 벌써 사백 년이란 긴 시간이 흘렀다는 사실에서 삶의 덧없음을 느낀 것일까. 아니면 애써 외면했던 노화를 인정해야만 하는 자신의 처지가 야속하고 원망스러웠을까? 다만 3연에서 설명이 가능한 원인 하나를 규지(窺知)할 수 있다. 가족들과 함께 보낸 행복했던 과거로 돌아갈 수 없다는 슬픈 실감, 다시는 "키 작은 어머니"가 끓여주던 "배춧국"을 먹을 수 없다는 자각, 자신보다 늘 식구들의 안위와 건강을 먼저 챙겼던 어머니의 부재가 낳은 상실감이 시적 자아가 우울함을 느끼는 원인으로 읽힌다. 어머니는 시인의 곁을 떠났지만, 시인은 어머니를 고이 보내드리지 못한 모양이다. 시인은 어머니와의 이별을 마치기 위한 추도 시를 미처 집필하지 못한 것 같다. 그가 '시인의 말'에 이렇게 적은 이유를 이제야 알겠다. "어머니에 대해 다 쓰지 못한 것은/ 애석한 일이다."

5. 우리에게 음악을 다오

권태가 지루함이나 게으름, 따분함이나 무료함과는 차별되는 현상이라면, 권태가 비록 무익할지는 몰라도 무의미하지 않은 감정이라면, 장석주는 권태주의자다. 권태가 세계의 밀어를 경청할 기회를 제공하고 먼 곳을 향한 동경을 촉발한다면, 장석주는 낭만주의자다. 권태가 산책의 리듬을 낳고 이 발걸음이 사유이미지(**Denkbild**) 채집과 글쓰기의 호흡으로 이어진다면, 장석주는 거리의 만보객 플라뇌르(**flâneur**)다. 시인은 상황적 권태와 실존적 권태의 늪에 빠질 때도 있지만 권태를 삶의 동반자로 수용하는 슬기를 발휘한다. 권태를 향유하며 권태와 함께 산다. 권태의 최대 수혜자인 그가 "시집은 권태와 고독으로 살찐다"(「식물의 자세」)고 말한 이유는 여기에 있다. 독일의 극작가 게오르크 뷔히너는 권태를 이렇게 예찬한다. "사랑하는 권태여, 내게로 오라, 너의 키스는 감미로운 하품이요, 너의 발걸음 발걸음은 뼈의 멋진 균일이로다."* 부디 시인이 앞으로도 권태와 감미로운 입맞춤을 지속할 수 있길 소망한다.

멜랑콜리가 이상과 현실 사이의 아득한 괴리감에서 비롯된 감정이라면, 장석주는 멜랑콜리커이다. 멜랑콜리의 거처가 이제는 의미 없는 것들의 혼돈으로 이루어진 고독과 슬픔이라면, 장석주의 주된 정서는 우울이다. 그의 몸속에는 간에서 분비되는 검고 우울한 체액, 이른바 후모르 멜랑콜리쿠스(**humor melancholicus**)가 흐른다. 다른 누구보다도

---

* 게오르크 뷔히너, 「레옹세와 레나」, 『당통의 죽음』, 임호일 옮김, 한마당, 1992, 167쪽.

세계와 인간의 삶을 깊이 통찰하는 시인은 자신이 늘 폐허나 다름없는 우울한 세계에 내던져진 현존재임을 예민하게 인식한다. 그래서 늘 시인의 수심(愁心)은 깊다. 해체된 세계의 파편들을 알레고리적으로 수집하는 시인은 태생적으로 멜랑콜리커이다. 요컨대 장석주는 "우울을 찍어내는 인쇄공장"(「건널목」)의 숙련된 장인이다.

『꿈속에서 우는 사람』을 심층 횡단하는 주된 정조는 권태와 우울이다. 권태와 우울을 소재나 주제로 다룬 시도 있지만, 시편들 대부분에는 시적 자아의 감정과 무의식에 권태와 우울이 미묘하게 뒤섞여 스며 있다. 권태와 우울이 배음으로 깔린 것이다. 요컨대, 권태와 우울의 이중주가 시집 전체에 울리는 통주저음이다. 시인은 「게르와 급류」에서 초원을 유랑하는 음유시인이 되고 싶다는 소망을 고백한다.

> 나는 몽골 초원에 가서
> 게르 한 채를 구해 마두금이나 켜며 살고자 한다.
>
> —「게르와 급류」 부분

음악의 신 아폴론의 음악적 재능을 물려받은 전설적인 음유시인 오르페우스는 리라의 명수이다. 그가 황금 리라를 켜면 산천초목이 감동하고, 신과 요정, 짐승과 물고기 들까지도 넋을 잃고 선율에 매혹되었다고 한다. 시인이 믿는 음악의 힘도 신화의 시대 속 오르페우스의 그것과 유사하다.

음악이 사라진다면, 빛과 열매, 메아리와 천의 봄밤, 흰 장미와 눈보라, 소년과 소녀들의 기쁨도 사라진다. 무채색의 세상에 음악이 사라진다면, 꽃들은 상심하고 아끼던 의자는 부서질 것이다. 겨울의 물고기들은 고독을 겪겠지. 우리에게 음악을 다오. 천진무구한 음악은 생명의 원소, 뜻밖의 슬픔이다. 우리에게 담요와 생수, 양털로 짠 보온 양말과 함께 음악을 다오. 음악의 부재가 산소의 희박함을 초래한다. 인파와 담배 속에서 랭보는 죽어간다. 랭보는 음악의 기쁨을 찾아서 북아프리카 사막을 떠돌았다. 이제 그만 양을 키우는 사람과 함께 돌아와다오.

—「음악」 부분

마치 오르페우스처럼, 아니 사막을 떠돌던 랭보처럼, 시인이 몽골의 초원을 떠돌며 말 머리 모양의 현악기 마두금으로 연주하는 곡에서는 어떤 선율이 흘러나올까. "생명의 원소"일까, "뜻밖의 슬픔"일까. 생의 기쁨일까, 생의 우울일까. 시인에게 청원해본다. "우리에게 음악을 다오."

장석주 1979년 조선일보 신춘문예를 통해 등단했다. 시집으로 『햇빛사냥』 『완전주의자의 꿈』 『그리운 나라』 『어둠에 바친다』 『새들은 황혼 속에 집을 짓는다』 『어떤 길에 관한 기억』 『붕붕거리는 추억의 한때』 『크고 헐렁헐렁한 바지』 『다시 첫사랑의 시절로 돌아갈 수 있다면』 『간장 달이는 냄새가 진동하는 저녁』 『물은 천 개의 눈동자를 가졌다』 『붉디붉은 호랑이』 『절벽』 『몽해항로』 『오랫동안』 『일요일과 나쁜 날씨』 『헤어진 사람의 품에 얼굴을 묻고 울었다』 등이 있다. 애지문학상, 질마재문학상, 영랑시문학상, 편운문학상 등을 수상했다.

문학동네시인선 208
꿈속에서 우는 사람

1판 1쇄 2024년 3월 29일
1판 3쇄 2024년 12월 20일

지은이 | 장석주
책임편집 | 이재현
편집 | 김영수
디자인 | 수류산방(樹流山房) 본문 디자인 | 이원경
저작권 | 박지영 형소진 최은진 오서영
마케팅 | 정민호 서지화 한민아 이민경 왕지경 정유진 정경주 김수인 김혜원 김예진
브랜딩 | 함유지 함근아 박민재 김희숙 이송이 김하연 박다솔 조다현 배진성
제작 | 강신은 김동욱 이순호
제작처 | 영신사

펴낸곳 | (주)문학동네
펴낸이 | 김소영
출판등록 | 1993년 10월 22일 제2003-000045호
주소 | 10881 경기도 파주시 회동길 210
전자우편 | editor@munhak.com
대표전화 | 031) 955-8888 팩스 | 031) 955-8855
문의전화 | 031) 955-2696(마케팅), 031) 955-1920(편집)
문학동네카페 | http://cafe.naver.com/mhdn
인스타그램 | @munhakdongne 트위터 | @munhakdongne
북클럽문학동네 | http://bookclubmunhak.com

ISBN 978-89-546-9844-3 03810

잘못된 책은 구입하신 서점에서 교환해드립니다.
기타 교환 문의: 031) 955-2661, 3580

www.munhak.com

문학동네